꺼질 수 없는 열정

내게도
봄날은 온다

나상길 지음

해피&북스

꺼질 수 없는 열정

내게도
봄날은 온다

나상길 지음

해피&북스

서문

인생이란 행복을 추구하는 한 과정일 수도 있다. 행복이란 생각만 해도 아름답다.

하지만 그 행복을 억지로 찾으려고 방황하는 인생이라면, 그 인생은 결코 행복하지 못하고 고달픈 인생을 살게 될 것이다.

지나온 내 인생은 굴곡이 너무나 컸다. 그러나 나는 수없는 낙담과 절망 속에서도 결코 좌절하지 않고 열정적으로 삶을 개척해 나갔다. 그리고 나이가 들어가고 신앙이 깊어지면서 생각의 틀이 조금씩 바뀌기 시작했다.

나 혼자 잘 살고 잘 먹기 위한 개념에서 벗어나기 시작한 것이다. 열심히 일하여 얻은 대가로 경제적 여유는 감사한 일이다. 하지만, 짧은 인생 살면서 삶의 목적이 돈과 부富가 되어서는 안 된다는 사실을 깨닫게 되었다.

무엇을 하든지 열심히 했다. 사회봉사와 교회 봉사, 종중 봉사, 해외봉사 등 최선을 다하며 살아왔다.

바쁘면 바쁠수록 하면 된다는 신념을 가지고 열정적으로 최선을 다해서 일까. 맡은 일이 성공 못하는 일이 거의 없었다.

금연교육 강사로, 웃음 치료사로, 스피치 리더십 강사로 대학에서 자격증과정을 개설하여 강의하면서 남을 즐겁고 기쁘게도 했다.

그렇게 봉사를 하는 과정에서 내 마음이 호수처럼 탁 트이고 행복과 긍정으로 가득 차 있는 것을 깨닫게 되었다.

큰 소리로 한바탕 웃음을 터트리면 모든 불안은 꼬리를 감추고 행복한 에너지가 마음을 가득 채운다.

'진작 웃음의 중요성을 알았더라면….' 하고 생각하여 보기도 하지만 충북에서는 가장 먼저 배우고 가르치기 시작했으니 이만해도 족하다고 생각한다.

아내를 만나고 평생을 신혼 때처럼 눈에 콩깍지가 씌어서 살았다. 웃음을 배우고는 다툴 일도 별로 없었다.

그러나 아내는 여러 가지 질환으로 고생을 했다. 아내 병을 치료하기 위해 최선을 다했으나 사랑하던 아내는 결국 내 곁을 떠나고 말았다. 고독이 물밀 듯 밀려오고 살아갈 의욕이 상실되었다.

하지만 불원간 그 나라에 가면 사랑하는 아내와 재회한다는 소망을 품고 열심히 신앙생활을 하며 남은 사명을 완수하려 노력하고 있다.

천둥소리가 들리면 우리는 놀란다. 그러나 천둥소리가 들렸다는 것은 이미 벼락이 떨어진 뒤라서 벼락 맞을 일은 없다.

그런데도 사람들은 천둥소리를 두려워한다. 삶의 의미를 깨닫지 못하는 사람에게는 죽음도 이와 같다. 죽음과 함께 모든 것이 끝나는 것으로 여기기 때문이다.

나는 죽을 때 웰다잉(Well-Dying) 하도록 마음의 준비를 하면서 산다. 그리고 다음 세상에서 아내를 만나면 이렇게 말할 것이다.

"여보! 다시 만날 수 있어서 기쁘고 행복하오, 당신이 떠난 후 나는 열심히 멋지게 살았고 사명을 잘 마쳤소, 모든 것이 하나님의 은혜요." 하면서 영생을 누릴 것이다.

2020년 가을을 기다리며 나상길

추천의 글

　우리나라의 경우 6·25 전쟁이 끝난 후, 1955년부터 1963년 사이에 출생한 사람들을 베이비붐세대라고 말한다. 이들은 고도경제성장과 1997년 외환위기, 그리고 최근에는 글로벌 금융위기를 경험했다. 마지막 주판 세대이자 컴맹 1세대이다. 그들은 허리끈을 조이며 근대 산업화를 이루었다. 베이비붐세대 이전 세대는 일본의 식민지 시대와 6·25전쟁을 겪으며 황폐함만 남겨주었다. 그러니 그들 세대야말로 이루 말할 수 없는 참혹한 고통 속에서 살아온 세대이다. 암흑의 시대에 태어난 그들에게는 전쟁의 참화와 배고픔을 겪으며 자랐으므로 가난이 일상일 수밖에 없었다.

　필자와 나는 6·25 전쟁 중에 같이 초등학교를 입학한 동기동창이다. 가까운 집안으로 대부가 되는 항렬이다. 어렸을 때부터 이웃에 살았고, 동창이다 보니 누구보다도 서로 잘 알고 있다. 필자는 일본에서 출생하여 해방 후 어린 나이에 귀국하여 가난하게 살아오면서 온갖 어려움을 겪었다. 진학할 형편이 못되어 독학으로 학문을 닦아가며 그림과 글씨 등 남다른 손재주로 열심히 일했다. 또 교회의 장로로서 사람들 멘토로서 역할을 감당하며 신앙생활 한 것을 일찍이 알고 있었다.

　무엇을 하든지 열정을 가지고 최선을 다하므로 성공한 사람으로 인근에 알려져 있다. 그러나 이 책의 추천의 글을 부탁받고 나서야 필자가 이전에 살아왔던 사연을 더 자세히 알게 되었다. 한 편 한 편 글을 통하여 필자의 생애를 대할 때마다 찡한 마음의 감동과 더불어 눈물이 나오는 것을 금하기 어려웠다. 필자는 어렸을 때의 가난을 이겨 나가기 위해 밤낮을 가리지 않고 열심히 일해서 얻어진 수입으로 가난한 외국의 학생들을 도우며 그리스도인으로서 본분을 다했다.

그리고 나는 필자가 금연교육, 웃음 치료, 유머 강의법 등 여러 가지 분야에서 일등강사로 대학에서, 지역에서 강의하며 웃음과 건강을 전하는 보람찬 일을 하고 있음이 자랑스럽다. 방역봉사, 해외봉사, 종중봉사 등 지역사회를 불문하고 외국에까지 봉사활동에 큰 역할을 담당하고 있는 필자의 열정과 헌신적인 삶에 찬사와 격려의 박수를 보낸다.

이 책을 나상길이라고 하는 한 개인의 삶이 기록된 평범한 자서전으로만 보지 않았으면 좋겠다. 많은 독자들이 읽고 감동받아 이분의 삶을 교훈으로 받아들이는 교훈서로 기억되기를 간절히 바란다.

전 충북대학교 자연과학대학장
이학박사 나기창

차례

I.

고난 속에서 성공을
위한 첫걸음

1. 위기를 기회로

코로나19로 인하여 온 세계가 격리되거나 이동을 제한하고 있으므로 내가 나가던 서예교실도 문을 닫았다. 답답한 나머지 서예를 배우는 친구들과 세 사람이 모이기로 했다. 웃음치료교실도 문을 닫고 휴강에 들어가므로 교실이 마침 비워져 있었다.

오전 9시에 모여서 12까지 글씨를 쓰며 환담을 나누고 점심식사 후 3시까지 또 글씨를 쓰니 시간 가는 줄을 모르고 지낸다. 3시 후에는 집에서 성경을 읽고 그림도 그리다 보면 어느새 어두워진다.

이 정도면 온 세계적으로 대유행하고 있는 코로나19의 위기를 잘 극복하며 신선같이 지내고 있다고 생각한다.

우리는 살면서 좋든 싫든 필연적으로 어려운 위기를 겪게 된다. 그리고 그 순간, 어떤 선택을 하느냐에 따라 위기는 더 큰 위기가 되기도 하고, 반대로 일생일대의 기회가 되기도 한다.

전화위복轉禍爲福이라는 말이 있다. 어떤 불행한 일이라도 끊임없이 노

력하며, 강인한 정신력과 불굴의 의지로 힘쓰면, 불행도 행복으로 바꾸어
놓을 수 있다는 말이다.

그러나 현대에는 이 같은 의지력보다는 "전화위복이 될지 누가 알랴."라
는 말로 요행이 강조되어 쓰이고 있다.

호사다마好事多魔라 했던가. 잘나가는 우리 문화산업이 중국 우한에서
발생한 코로나19로 제동이 걸렸다.

우리 콘텐츠가 세계 최정상에 선 순간 직격탄을 맞은 것이다. 사실 '기생
충' 배우들과 제작진을 초청해 청와대에서 축하파티와 파안대소를 할 때만
해도 코로나19가 진정될 줄 알았다.

하지만 세계보건기구(WHO)가 코로나 '팬데믹(세계적 대유행)'을 선언
하면서 우리나라는 물론이고 미국, 유럽 등 세계 경제가 충격에 빠졌다. 중
국에서 한국으로, 유럽으로 번지면서 모든 국민들의 활동이 금지되므로 온
세계의 무역이 끊기고, 실업자가 양산되는 세계역사상 최고의 경제 대란
이 벌어지고 말았다.

그러나 실망하고 좌절만 하는 우리가 아니다. 1997년 11월 21일 우리나
라가 외환위기로 말미암아 IMF 때도 온 국민은 초긴장 상태에 돌입했고
이 위기를 돌파하기 위해 정부와 기업과 국민, 모두가 다 각도로 노력을 기
울였다.

결국, 그 결과로 이 위기를 모면하고 지금은 선진국 대열에 우뚝 서게 되
었다. 생각지도 못했던 코로나19 전염병이 발생하여 온 세계가 공포에 휩
싸여 있지만, 우리나라는 이 위기를 잘 극복하여 전화위복의 기회로 삼을
수 있는 잠재력이 충분하다고 생각한다.

밤을 지새우며 확진자 동선을 파악하는 공무원, 방역 대응도 전시처럼
임하는 군인까지 누구 하나 알아주는 사람은 없지만 코로나19에 맞서 최

일선에 선 영웅들은 오늘도 힘겨운 투쟁을 이어가고 있다. 이러한 수많은 영웅 덕분에 한국의 코로나19 대응에 대한 전 세계의 칭찬과 부러움이 이어지고 있다.

월스트리트저널(WSJ)은 코로나19로 인한 위기 상황에서 각국 보건당국의 전문 관료들이 영웅으로 부상했다고 보도하면서 그중 우리나라의 정은경 본부장을 비중 있게 소개해 화제가 되었다. 정 본부장은 서울대학교 의과대학을 졸업, 보건학 석사 졸업 후 예방의학 박사를 취득한 대한민국 7대 질병관리 본부장이다.

메르스 사태 때 질병예방센터장을 맡았으며, 당시 대처 능력을 인정받아 2017년 질병관리 센터장에서 실장을 건너뛰고 이례적으로 차관급으로 승진한 케이스다.

질병관리본부 위원회에 따르면 현재 정 본부장은 잠시 눈을 붙이는 시간을 제외하면 온종일 긴급 상황실을 지키고 있다고 한다.

또한 확진자 현황 집계와 매일 오후 2시 언론 브리핑 준비, 각종 화상회에 참석하기 위해 식사도 도시락과 이동 밥차로 간단히 챙긴다고 밝혔다.

우리나라는 전문의료진들의 대처능력과 의료기술의 전문화, 그리고 성숙된 국민들의 코로나 대처를 위한 예방 수칙을 잘 준수한 결과라고 생각한다.

이런 현상들은 말세에 일어날 징조들로서 이미 성경에 여러 군데 기록이 되어있다. '처처에 큰 지진과 기근과 전염병이 있겠고 또 무서운 일과 하늘로서 큰 징조들이 있으리라.'(누가복음 21장 11절) 라는 구절이 있는가 하면, '이런 일이 되기를 시작하거든 일어나 머리를 들라 너희 구속이 가까웠느니라.'(누가복음 21장 28절) 라며 말세를 강조하는 말씀도 있다.

세상의 마지막 때에 이런 일들이 일어나겠다고 예언된 기록이 그대로 이루어지고 있는 것이다.

신천지 탓이다, 정부에서 초동대처를 잘못했다, 서로 네 탓 공방을 할 때가 아니다. 구약성경에도 이스라엘 백성이 죄악에 빠졌을 때 하나님이 내린 진노의 벌이 있었음을 알아야 한다.

세상은 너무도 많이 변했다. 끔찍한 죄악을 저지르고도 죄라고 생각하지 않는 사회가 됐다.

온갖 부정하고 더러운 것들을 무차별 먹고 마신다. 뱀, 박쥐, 원숭이, 심지어 멸종위기 보호 동물인 천상갑까지도 잡아먹는다.

종교가 타락하고 있는 것이 말세를 향한 가장 큰 징조라고 한다. 대를 이은 뻔뻔한 세습교회, 엄청난 사례비를 받으면서 세금도 내지 않는 목회자들, 그래서 많은 사람들에게 기독교가 아니라 개독교라는 소리를 듣고 있는 참담한 현실이 되었다.

세력다툼으로 사찰에서 난장판을 벌이는 스님들은 어떤가? 온 세상은 죄악으로 가득 차있으므로 지금 우리에게 당한 현실은 재난이 아니라 하나님이 주신 재앙이라고 생각하여야 할 것이다. 우리 자신을 바라보고 성찰하며 하나님의 진노가 아닌가, 생각하며 죄악에서 돌아서는 회개와 반성의 기회가 되기를 바라는 마음이 간절하다.

땀과 노력 없이는 이 모든 어려움을 극복하기는 쉽지 않다. 어렵고 두려운 코로나19, 위기를 잘 극복하면 더 나은 미래가 우리 앞에 펼쳐질 것으로 믿는다.

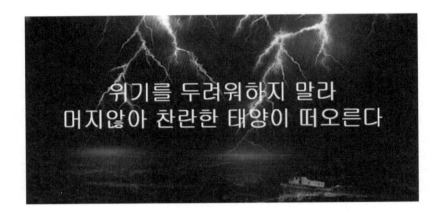

2. 아버님의 일본 생활 24년

나의 아버지는 두 아들을 낳은 후, 32세에 청운의 꿈을 안고 혈혈단신 일본으로 건너가셨다. 몇 해 후, 타국에서 안정된 터전을 마련하여 어머니와 맨 위 두 형님을 데려가셨다.

그리고 그곳에서 아들 넷, 딸 하나, 다섯을 더 낳았다. 나는 왜정 치하에서 독립운동이 한창 일어나던 시절에 일본에서 막내로 태어났다. 그리고 네 살 되던 해에 한국으로 귀국하였기에 일본 생활에 대한 기억은 별로 없다.

일본어도 조금 배우다 말아 아무것도 모른다. 다만 부모님께서 하신 말씀들이 기억날 뿐이다.

당시 조선인들에 대한 일본인들의 핍박은 말로 다 표현하기 어려웠다고 한다. 엎친 데 덮친다더니 1923년 9월 1일 도쿄를 중심으로 관동지역에 진도 7.9급의 초강력 지진이 발생하였다.

하필 점심식사를 준비하느라 가정마다 불을 때고 있던 시간대였다. 그로 인해 지진의 여파는 대화재로 이어졌고, 도쿄, 요코하마지역을 비롯해 관동지역 일대가 궤멸 될 정도로 큰 피해가 발생하였다.

당시 사망자, 행방불명자가 14만 명, 이재민 340만 명에 달하는 엄청난 재난이었다. 이런 사회 불안 속에서 유언비어가 난무하는 이상한 분위기가 연출되었다.

우리 동포들은 유언비어 속에 시달려야 했다.

'조선인들이 폭동을 일으킨다.'

'조선인들이 방화를 하였다.'

'우물에 조선인이 독을 넣었다.'는 등 근거도 없는 낭설들이 떠돌며 경찰 조직 비상 연락망을 통해 확대되었다. 그렇다보니 조선인들은 물론 조선인처럼 생겨 의심받았던 중국인이나 일본인까지도 덩달아 학살당하는 비극이 발생하였다.

관동 대지진이 일어나던 때에 아버님은 외지에 가셨다가 큰 변을 당할 뻔하셨다고 한다. 조선인들이 일으킨 폭동이라 하여 닥치는 대로 조선인들을 학살하기 시작했기 때문이다.

아버님은 백여 리가 넘는 길을 산속으로 숨어들어 지진으로 쓰러진 나무를 타고 넘으며 다니셨다. 같은 일행 조선인들에게 주먹밥을 얻어먹으며 일

주일 만에 집에 도착하셨단다.

당시에는 말소리가 좀 어눌한 편이던 북해도 사람들이 조선인이라고 오해되어 무참히 학살되기도 했다고 한다.

우리 집은 동경 시내에 있었는데 독립운동을 하는 조선인들 피난처로 사용되기도 했다. 그렇게 아버지는 일본에서 24년을 지내셨다. 그리고 마침내 1945년 8월 15일 드디어 조국이 해방되는 기쁨을 누렸다.

그러나 기쁨도 잠시였다. 조선에 있던 일본인들이 8.15 해방과 함께 조선인들에게 무참히 두들겨 맞고, 재산 다 빼앗기고 일본으로 쫓겨 오게 된 것이다. 그들은 우리 교포들에게 그 분풀이를 했다. 소문이나 뉴스 등을 통해 알게 된 일들이 너무나 끔찍했다.

'누구네 집에 불을 질렀다. 누구네는 칼에 찔려 가족이 몰살했다.' 들리는 소리마다 공포에 질려 하루도 살 수가 없었다.

부모님은 네 살배기 막내인 나를 포함하여 여덟 식구를 데리고 24년 동안 살면서 이룩한 집과 모든 것을 버리고 야반도주하여 한국으로 돌아왔다.

간신히 돈 몇 푼을 감추어 고국 땅을 밟았으나 가진 것이 별로 없었다. 집 앞들에 논 다섯 마지기, 그리고 삼백여 평짜리 밭 한 뙈기, 그것이 우리 집 재산의 전부였다. 어느 날 나무로 두툼하게 만든 솥뚜껑이 고장나서 뜯어보니 속이 비어있었다. 돈을 그 속에 감추어 오느라 속을 파냈다고 어머니께서 하시는 말씀을 들었다.

그래도 고향이라 종중과 집안의 도움도 받으며 어려운 고향 생활이 다시 시작되었다.

부모님 존영

3. 입학과 학교생활

6·25전쟁이 발발하던 1950년에 나는 내수읍 비상국민학교에 입학하였다. 전쟁 중이라 학교 형편이나 가정 형편이 좋을 리가 없었다. 그때 그 시절은 너나없이 가난하고 어려우므로 자식 교육에 제대로 신경 써주는 부모가 별로 없었다.

거의 무정부 상태나 다름없는 환경이다 보니 교과서도 있을 리가 없었다. 시커먼 종이에 등사기로 등사한 교과서로 공부를 했었다. 지금은 어린이집, 유치원, 등 선행학습을 할 수 있는 환경이 되어있지만, 그때는 1학년 때 3자를 제대로 쓰는 아이가 거의 없이 갈매기 날아가는 모습으로 글씨를 그렸다. 한글을 제대로 읽는 것은 3학년 정도 되어야 가능한 아이들이 많았다. 전쟁 때라 그림도 전쟁 그림, 노래도 전쟁 노래를 많이 불렀다.

1, 2, 3 학년 때 나는 공부를 좀 하였는지 우등상을 받았다. 그러나 4학년이 되자 사정이 달라졌다.

우리 반에는 피난 온 아이들과 전쟁 통에 제때 학교를 못 다닌 아이들이 섞이게 된 거다. 그렇다 보니 나보다 거의 세 살에서 많게는 여섯 살까지 나이가 더 많은 아이들이 부지기수였다.

그 아이들 틈에서 제 때에 입학한 나는 따라잡기가 어려웠다.

나는 어렸을 때부터 아침 배앓이를 많이 했다. 아침 먹고 학교 갈 시간 되면 배가 아프기 시작하여 배를 잡고 뒹굴다 보면 이미 시간을 넘기고 말았다. 그래서 한 달에 3~4일은 결석했다. 요즘 부모들 같으면 늦더라도 학교에 가도록 하는 것이 당연하지만 그때는 부모들의 교육열이 너나없이 그렇질 못했다. 그러니 기초를 제대로 배우지 못해서 실력이 좋을 리가 없었다.

나는 그림 그리는 재주를 부모님 유전자를 통해 물려받은 것 같다. 더러 다른 학교에서 실시하는 미술대회에 나갔다. 그런데 크레용이 없었다. 1학년 입학 때 받은 남산 크레용(양초에 물들여 놓은 것)은 1학년이 지나자 다 잘라지고 어디로 갔는지 없었다. 결국 선생님의 도움으로 다른 아이의 크레용을 빌려 내수에서 열리는 미술대회에 나갔다.

아무에게도 도움을 받지 못하고 스스로 터득한 솜씨로 간신히 우수상을 받았다. 집에 상장을 들고 와서 어머니에게 자랑을 늘어놓았다. 대상도 아니고, 최우수상도 아니지만 어머니는 상을 받아온 것에 만족하여 온 동네 자랑거리가 되었다.

비상초등학교 졸업사진 필자는 뒤에서 두 번째 줄 왼쪽에서 4번째

3. 고난 속에서 발휘한 잔꾀

한번은 연필이 다 떨어진 적이 있었다. 연필 없이 학교 갈 수가 없어 어머니에게 연필을 사달라고 했으나 돈이 있을 리 없다.

옛날이나 지금이나 아이들은 대개가 가방 메고 나서면서 돈 달라고 한다. 할 수 없이 그냥 집을 나서서 학교에 가는데 문득 머리를 스치는 기발한 아이디어가 떠올랐다.

바로 옆집에 담배 농사를 짓는 집이 있는데 담배 잎을 말리기 위한 연료로 건조실 옆에 잔뜩 쌓아놓은 석탄 더미가 보였다.

석탄 덩어리를 연필로 사용하면 글씨가 써진다는 것을 알고 있었다. 하여 손이 새까매지도록 석탄 더미를 뒤집어 알맞은 덩어리를 주어서 종이로 싸 들고 갔던 기억이 난다.

아버지는 골패(뼈로 만든 노름하는 도구)를 너무 즐기셔서 윗동네 친구 분들과 늘 어울려 골패노름을 하셨다.

아버지 지론은 '술 먹는 것은 먹어서 없애 버리기 때문에 좋지 않지만, 노름은 따려고 하는 승부욕이 있으므로 노름하는 것이 더 낳을 수 있다.' 고 하셨다.

그러나 나는 초등학생 어린 나이였지만 아버지의 지론을 인정할 수 없었고, 아울러 무지하게 싫었다.

우리 집은 가난하여 돈이 없었다. 나는 돈을 얻기 위해 머리를 쓰기 시작했다. 노름하는 아버지는 싫었으나 돈을 얻기 위해서 아버지가 노름하는 사랑방을 찾아가서 문을 열고는 "아버지! 저 작기장(공책)사게 돈 좀 줘유!"라고 소리를 질렀다.

아버지는 민망해서 쳐다보지도 않았다. 옆에서 같이 놀던 친구가 "이거면 되니?" 하시며 동전 하나를 주셨다. 나는 속으로 쾌재를 부르며 "예 고맙

습니다." 하고 받아들고서 가게로 달려왔다.

자주는 못 써먹었지만 답답할 때 그 방법을 더러더러 써먹었다.

너무 가난해서였을까. 크면 무조건 돈 많이 벌고 땅도 많이 사서 남부럽지 않은 생활을 해야 한다는 꿈을 간직하고 살았다.

이담에 어른이 되면 쌀 만드는 기계를 만들어서 쌀밥도 실컷 먹고 돈도 많이 벌어야겠다고 다짐을 했었다.

너나없이 많은 아이들이 자라나면서 나와 같은 꿈을 가지고 어른이 되면 부자로 살고픈 생각을 가지고 있었다.

그때는 법정스님의 무소유라는 개념은 아예 알지도 못했다. 오직 가난의

굴레를 벗어나 부모님과 더불어 배부르고 등 따뜻한 것이 최고의 성공이요, 최상의 행복으로 생각했었다.

그래도 아버님에게 장점은 있었다. 절대로 남에게 신세를 지거나 손해를 보게 해서는 안 된다고 늘 밥상머리에서 말씀하셨다.

남들을 고용해서 하루 일을 하면 아무리 어려워도 그날 품삯은 그날 지불해야 하는 철저한 성격이었다.

남에게 돈을 빌려서라도 주어야 한다고 저녁밥을 먹으면서 말씀하시곤 했다. 그뿐 아니라 아버지는 자상하고 또 인정이 많으셨다.

남들에게 배려해야 한다고 늘 말씀 하시므로 그것이 내 인생의 지표로 지금도 남아있다.

* 배려는 머리로만 하는게 아니다, 몸으로 실천하는 것이다.
* 내가 남을 배려하면 그 배려는 부메랑이 되어 나도 배려 받게 된다.
* 내 마음속 배려씨앗 하나, 남의 마음속 배려나무 한 그루.

4. 꼬마 나무꾼의 신세타령

6 · 25전쟁은 나와 우리 가정에 엄청난 피해를 주었다.

나보다 14살 위인 3째 형님(상익)이 계셨다. 일본에서 중학교를 졸업하고 17살에 한국으로 귀향을 하였다.

그래서 우리말이 좀 서툴고 어눌했다고 한다. 그러나 그 형님은 머리가 좋고 특히 손재주가 많았다.

아마 우리 어머니의 손재주 유전자를 우리 자녀들이 잘 물려받아서 우리 5남매 모두가 남다른 손재주가 있었던 것 같다.

누님도 자수를 잘했고, 베틀로 베를 짜는 선수로 불려 다닐 정도였다. 형님은 손으로 나무를 잘라 자동차를 만들었는데 앞에 핸들이 달려있어 손으로 운전이 가능한 그런 장난감을 나에게 만들어 주기도 했었다.

나는 나이가 어렸기 때문에 어설프게 좀 생각나는 것 밖에는 형님에 대한 기억이 별로 없다.

이 형님이 21세에 공무원 시험을 보고 기적같이 합격하여 4월 23일 자로 사령장을 받았다.

내가 그것을 오랫동안 보관했었기에 날짜가 지금도 생생하다. 우리 집안 뿐 아니라 온 동네에 경사가 났다.

그때는 완전히 농경사회였으므로 봉급을 받는 공무원이 된다는 것은 극히 드문 일이었다.

우리 집의 희망이요, 미래요, 행복의 시작이 되는 듯했다.

그러나 그해 6월 25일 북한의 남침으로 모든 희망은 절망으로 변하기 시작했다.

8월 여름이 되면서 우리 집의 기둥이었던 형님은 한동네에 사는 친북세력의 꼬임에 속았고, 북한군의 손에 의하여 허울 좋은 의용군으로 끌려가고 말았다.

어머니는 그때 옥수수를 뜯어 먹으며 "엄마! 나 잠깐이면 다녀올 거야, 잘 다녀올게." 하면서 집을 나가던 아들의 모습이 너무나 생생하다며 자주자주 통곡을 하셨다.

이미 부모님은 연세가 드셨고 우리 집의 희망이던 아들은 의용군으로 끌려갔다. 나는 나이 어린 막내아들이었다.

가진 것 별로 없는 가난한 가정, 이때부터 아버님의 성격은 점점 변하기 시작했다. 술과 노름을 낙으로 삼고 가정은 점점 수렁으로 빠져들기 시작했다.

큰 형님과 둘째 형님은 이미 결혼하여 다른 살림을 차렸고 아이들도 있으니 부모님께 신경 쓰기가 어려웠다. 한 번은 군청의 산림과에서 산감(산림단속반)이 들이닥쳤다.

여기저기 샅샅이 둘러본 산감에 의해 뒷들에 감추어놓은 장작더미가 발각되었다. 단속을 한다고 하자 화가 머리끝까지 오른 아버지는 창고에 들어있는 괭이를 집어 들고 "이놈들아, 늙은이가 어린 자식하고 겨울에 얼어 죽지 않으려고 나무좀 잘라왔다. 자식 놈은 의용군 끌려가고 나는 남은 것이라고는 악밖에 없다. 다 때려죽이고 나도 죽으마.”라고 고래고래 소리를 지르며 달려들었다.

겁이 난 단속반원들은 다 도망치고 말았다.

나는 나이가 들어가면서 아버님의 성격이 왜 저렇게 모질게 변했었는지 조금씩 이해가 되기 시작했다.

바로 왜정 36년의 치욕과 그 무서운 전쟁이 우리 집을 쑥대밭으로 만들었던 것이다. 아버님의 성격이 결국 악만 남은 모난 성격으로 변한 것이 일본과 처절한 대립과 북한 남침의 결과라고 생각하며 아버님을 이해하려고 했다.

어머니는 자상하시고 유머감각이 있고, 손재주가 좋아서 무엇이든 만들고 다듬는 척척박사 같았다.

그런 어머니는 늘 어린 것을 고생시켜서 미안하다 하시며 “그래도 넌 커서 잘 될 거여, 너는 무엇이든지 열심히 하니까 돈도 많이 벌고 잘살게 될 거다.”라며 등을 두들겨 주시며 나에게 희망과 용기를 잃지 않도록 격려해 주셨다.

어렸을 때부터 나는 어머니가 들려주던 희망과 용기의 말을 잊지 않고 '잘살게 될 거야'라는 자기 암시를 하며 자라왔다.

나는 6년의 초등학교를 간신히 졸업하고 중학교에 가려고 했으나 가난 때문에 입학금을 낼 수 없어 눈물을 머금고 중학교 대신 꼬마 나무꾼이 되었다.

하루에 두 번씩 큰 산에 올라서 나무지게를 지고 땀을 흘리며 힘드니까 쉬고 또 쉬면서 집에 와서 나무를 내려놓고 점심 먹고 다시 산에 올라 나무를 해왔다.

어린 것이 그 무거운 나뭇지게를 지고 잠자리 앉듯 잠깐 쉬고 또 쉬며 산에서 내려오는데, 흐르는 땀방울과 한 맺힌 눈물이 비 오듯 얼굴을 타고 내려왔다.

앞에 있는 바위에다 눈물로 그림을 그리면서 자신의 신세를 한탄하며 하소연을 했다.

"상길아, 솔거는 소나무를 그렸는데 진짜 소나무로 착각한 참새가 날아와 부딪혀 떨어졌다는데, 나는 언제나 그림다운 그림을 그려볼 날이 오겠냐? 다른 아이들은 교복을 입고 중학교에 다니는데 내 신세가 너무 가련하고 처량하구나." 하면서 통곡을 하기도 했다.

2015년 그린 소나무 유화

나의 나무꾼 솜씨는 B급도 아니고 C급에 해당할 정도로 형편없는 수준이었다. 나는 나무보다는 책을 읽고, 그림 그리고, 공부하는 것이 꿈이었으니 솜씨가 좋을 리 만무했다.

밭에서 김을 매도 남들을 따라잡으려 해도 남들보다 늘 뒤처지는 초보에 불과했다.

나는 초보 나무꾼이기도 하지만 농사일도 해야 했다. 초등학교 졸업 후 얼마 안 되어 집에서 1km 정도 거리에 있는 밭에 김을 매러 가는데, 시계가 없으니 날이 새는지도 모르고 새벽잠을 자고 있었다. 아버지가 나를 깨우면서 "애야, 상길아, 밭 매러 가야 한다, 일어나라." 하면서 단잠을 깨우셨다. 감히 거부할 수 없는 무서운 아버지의 명령이라 졸린 눈을 부비면서 일어나 꾸벅꾸벅 졸면서 아버지의 뒤를 따라갔다.

그런데 밭에 도착했는데도 날이 새지 않고 깜깜했다.

시계가 없으니 아직 날이 새려면 한참을 기다려야 했는데 너무 일찍 나온 것이다. 어린 나이에 얼마나 무서웠는지 모른다.

우리 밭 주위가 온통 전쟁 때 전염병으로 죽은 아이들의 무덤으로 뒤덮여 있었다. 더구나 어린 시체들을 너무 낮게 묻어서 더러는 해골과 뼈가 밖으로 나와 있는 것도 있었다.

그러니 날이 새지 않은 으슥한 새벽이라 생각만 해도 얼마나 무서웠는지 모른다.

나는 17살부터 소를 몰아 논을 갈고, 인분 장군을 지고 밭을 오가며 농부로서 해야 할 일은 다 할 수 있었다.

5. 걸림돌을 디딤돌로

　나는 나에게 닥친 걸림돌이 무수히 많았지만 그 걸림돌을 디딤돌로 밟고 넘었다고 말한다. 지금껏 우리는 선하게 살라고 강요받으면서 살았다. 다른 사람에게 먼저 관대하고 관계를 잘 유지하기 위해 참는 것이 미덕이라고 배웠다.

　자신의 요구와 감정을 드러내면 이기적이며 철없는 인간이라고 비난받기도 했다. 왜 우리는 자신에게는 참아야 하며 타인에게는 관대하고 배려하도록 요구받으며 살았어야 했을까? 여기서 함정은 그 선함의 행위에 자신을 수혜자로 상정하지 않았다는 점이다.

　자신 역시 보호받고 존중받아야 하며 자신의 선함과 동맹을 맺어야 함을 간과했던 것이다.

　우울증 환자를 양산하는 사회, 자살 예방 5개년 계획을 수립해야 하는 정부, 그런 사회의 어른들이 양육하는 아이들, 그렇게 강제되는 사회라면 답은 너무나 자명하다.

　우리는 자신을 선하게 대해야 한다. 자신부터 먼저 선하게 대해야 한다.

또한 선한 사람은 존중받아야 한다고 생각한다.

이것이 자신과 연대하는 첫걸음이다. 자신에게 점수를 후하게 주어라. 자신을 가치 있는 사람으로 인정하라.

그리고 자신감 훈련을 계속하라. 이것이 현명하게 사는 방법이다.

성경은 '하나님 앞에서 정결하고 더러움이 없는 경건은 곧 고아와 과부를 그 환난 중에 돌아보고 또 자기를 지켜 세속에 물들지 아니하는 이것이니라.'라고(야고보서 1장 27절) 기록되었다.

구시대의 약자는 고아와 과부라고 지칭되었다. 그러나 이 시대의 약자는 누구인가? 전쟁을 치르고 보릿고개를 넘기면서 허리끈 조여 매고 밤인지 낮인지 구분 없이 일터에서 평생을 보내며 오직 자식만 바라보고 살아온 늙은이들이 이 시대의 약자라고 나는 말 한다.

이제는 힘도 없고, 믿고 살아왔던 자식들은 저 살기 바쁘고 자기의 힘과 능력으로 자신의 운명과 처지를 바꾸어 삶을 변화시킬 수 있는 능력이 전혀 없는 늙은이들이 우리 주위에는 무수히 많다.

이들이 바로 이 시대의 약자들이다. 폐지를 줍는 노인들, 하루 종일 애써 주워 모아도 단돈 몇천 원 수입이라니, 이들에게 우리들의 작은 정성이 큰 힘이 될 수 있지 않겠나 생각해야 하고, 외국에서 먼 나라까지 와서 고생하며 돈 좀 벌어보겠다는 외국 근로자들에게도 따뜻한 대한민국 국민의 위로와 배려가 필요하다고 생각한다.

말대로 된다고 말하지 않던가? 말이 씨가 된다고 이야기하지 않던가? 바로 긍정적인 말 한마디가 그 사람의 인생을 바꾸어 놓는다는 사실, 그리고 우리의 가정을 행복하고 웃음꽃 피게 하는 것은 긍정적인 말 한마디에 달려있다는 사실을 잊지 말아야 한다.

자신에게 점수를 후하게 주어야 한다. 자신에게 50점을 주면 남도 나에게 50점 이상 주지 않는다는 것이다.

그러나 우리는 100점짜리 인생이 되고 싶어 한다. 이것이 큰 모순이다. 100점짜리 인생이 되고 싶으면 자신에게 100점을 주어라.

자신을 살펴보면 단점만 있지 않다. 장점들이 무수히 깔려있다. 나에게 있는 장점을 살펴보고 자신도 쓸모 있는 100점짜리 인생임을 명심하면서 살자.

우리 앞에는 언제나 평평하고 평탄한 걷기 좋은 길만 있는 것은 아니다. 더러는 건너기도 어렵고 돌파하기 어려운 걸림돌이 우리의 길을 방해하고 막을 수 있다.

그러나 그 걸림돌이 우리의 인생에서 디딤돌이 되어서 성공으로 가는 지름길로 인도하는 인도자가 될 수 있다는 것을 명심하면서 긍정적 사고를 갖도록 하자.

삶을 사랑하라
그러면 삶도 당신을
사랑하게 되리라.
-루빈 스타인-

6. 통신강의록으로 공부하다

　중학교 다니는 친구들이 너무나 부러웠다. 교복을 입고, 교모를 쓰고, 명찰을 달고, 가방을 들고 학교에 가는 친구들이 너무나 부럽고, 또 부러웠다.

　아버지는 건너편 동네에 있는 서당에나 다니라고 하셨다. 그러나 다른 아이들은 학교엘 다니는데 내가 왜 서당엘 다니느냐고 속으로 반항하면서 가지 않았다.

　그러나 십 수년이 지나 광고업을 시작하면서 그때의 일을 얼마나 후회했는지 모른다. 광고업이지만 관공서의 차트나 현황판을 만드는 일이 주로 많았으므로 한문은 필수였는데 한문을 잘 모르니 얼마나 어려웠는지……. 지금도 그때의 일을 생각하면서 다시 한번 후회를 해 본다.

　한 3년 정도 열심히 일하고 공부하다 보니, 보고 그리다시피 했던 한자를 좀 터득하게 되었고 풀리기 시작했다.

　어렸을 때 시절로 다시 돌아가 본다. 한 소식통을 통해 알아본 결과 학교를 못 가게 된 아이들을 위하여 통신으로 공부하는 강의록이 있다는 소식을 듣고 한동네 사는 둘째 형님에게 가서 사정이야기를 하며 통신강의록을 사달라고 졸랐다.

형님에게 승낙을 받고 강의록을 구하기 위해 서울에 있는 통신 중, 고등학교에 편지를 하여 자세한 사항을 알게 되고 곧 입학과 더불어 강의록을 구입하게 되었다.

그런데 책과 함께 온 나를 가슴 설레게 하고 기쁘게 하는 물품이 있었다. 바로 중학교 모표와 학년 표시 명찰이 함께 왔다.

신바람 나게 달려 내수 장터에 가서 중학생 모자를 샀다.

중학교 교복은 설 명절 때 큰 형님에게서 받은 중학생 옷이 있었다. 모자에 모표를 달고 옷에다 학년 표시를 달고 명찰도 달았다. "이제 나도 중학생이다." 거울을 보고 이리재고 저리재며 방안을 왔다 갔다 하면서 폼을 내 봤다.

그러나 남들이 모자를 쓰고 교복을 입은 내 모습을 보면 '저 애는 중학생도 아니면서 왜 중학생 행세를 하느냐?'고 비웃을 것 같았다.

보자기에 소중하게 싸서 사람이 별로 없는 1km 이상 떨어진 초정 약수터로 가는 대로변에 나왔다.

모자를 쓰고 옷을 입고 "나도 중학생이다."를 외치면서 온갖 폼을 다 내며 한참을 걸어갔다.

그런데 저 멀리 누군가가 내 쪽으로 걸어오고 있는 것이 아닌가. 깜짝 놀라 모자를 벗고 옷을 벗어 팔에 두르고 그 사람이 지나기까지 걸어갔다.

자라보고 놀란 놈이 솥뚜껑 보고 놀란다고 그 사람은 생전 처음 보는 사람인데도 미리 겁이 났다.

까마득한 지난 이야기지만 그때 그 일을 생각하면 쓴웃음과 함께 눈물이 나온다.

강의록 책은 한번 구해서 되는 것이 아니라 석 달에 한 번씩 구해 와야 공부가 가능했다.

다른 공부는 그럭저럭 했으나 수학은 원래 취미가 없었고 영어는 누가 가르쳐주는 사람이 없이 독학이라는 한계가 있으니 참으로 어려웠다. 역사

공부가 제일 재미있었다.

조선역사라는 두툼한 역사책을 사서 수시로 읽었다.

그래서 유명한 학자들의 시조를 많이 외웠고, 특히 사육신의 처절한 시와 성삼문의 마지막 시는 지금도 내 마음을 울리고 있다.

'북소리 이 목숨을 재촉하는데 돌아보니 지는 해 서산을 넘네,

황천길 주막집도 없을 터인데 오늘 밤 뉘 집 찾아 쉬어 볼까나.'

7. 꼬마지도자의 발판

강의록으로 공부를 하며 형님이 동네 이장 일을 맡았기 때문에 잡지가 많이 왔다.

그 잡지를 보면서 4H 클럽이라는 청소년 단체가 있고 농촌을 위해 일한 다는 것을 알게 되었다.

"이것이 바로 내가 해야 할 일이다."라고 생각하며 곧바로 아이들을 소집 했다. 동네 아이들 초등학교 5, 6 학년부터 중학교 1, 2 학년 아이들, 15~6 명이 모였다.

무식하면 용감하다고 4H 클럽이 어떻게 조직을 하고, 어떻게 운영을 하 는지, 관의 협조를 어떻게 받아야 하는지, 아무것도 몰랐다. 누구의 도움도 없이 아이들을 설득하고 살기 좋은 우리 마을을 위하여 4H 클럽 필요성을 강조하고 협조를 구했다.

모두들 찬성했다. 우선 자금을 마련하기 위하여 아카시아 씨 모으기, 벼 이삭줍기, 돈 되는 일이라면 마다하지 않고 다했다. 동네 학생들의 학용품 도 공동으로 구매하여 쓰게 하고 우리 집 앞에 조그마한 판자 쪽을 하나 펼 쳐놓고 물건을 진열하고 팔기 시작했다.

단합이 잘되고 물론 적은 돈이지만 돈이 모이기 시작했다. 4H클럽 노래도 작사 작곡을 하여 부르며 열심히 일했다.

학생들이 대부분이라 학교에서 집으로 돌아오면 저녁 먹고 모두들 삽을 들고 모였다.

산 넘어 개울가에 공터가 있어서 그곳을 일구어 밭을 만들기 시작했다. 며칠 동안 일군 밭이 제법 3~40 평정도 되었다.

그때도 참깨 값이 비쌀 때라 참깨를 심었고 열심히 가꾸었다.

비가 안 오고 가물면 깜깜한 밤에라도 물통을 하나씩 들고 모여 개천에서 물을 떠다 주면서 정성을 다해 가꾸었다.

지금 생각해도 어린것들이 정말 대단했다고 생각한다.

물론 학부모들의 은근한 반대도 있었으나 비교적 아이들이 열심히 하는 모습을 보면서 관망하고 있었다.

약 2년 정도 지나자 우리보다 큰 아이들 17~20세 정도의 청소년들이 간섭하며 감사를 하였고, 어린것들이 무엇을 알아서 제대로 된 장부 정리가 되었을 리 만무했다.

그때 쌀값으로 치면 쌀 2가마 값이 넘는 돈이 있었고 이 돈은 그때 장정이 두 달 동안 일한 품삯 정도가 되는 꽤 많은 돈이었다. 이것을 어른들에게 맡기라는 엄포가 떨어졌다.

할 수 없이 아이들과 회의를 하고 동네 이장에게 모든 돈을 다 맡겼다. 그러나 1년 후 집안 형님인 이장님은 빚을 잔뜩 지고 야반도주 하므로 그 돈은 물거품이 되고 말았다.

2년 동안 땀 흘려 이루고 발판을 놓기 시작했던 청소년들의 꿈은 이렇게 산산조각나고 말았다.

지금도 가끔 그때의 동생들을 만나면 옛날이야기를 하며 참으로 의미 있는 일이었었는데 어른들이 아이들의 꿈을 뭉개버리고 말았다며 원망하는 소리를 가끔 듣는다.

　그러나 나는 그때의 지도자적 자질 때문에 성인이 된 후에도 모든 일에 앞장서서 일했고 하는 일마다 열정적으로 했기 때문에 성공하지 못한 일이 거의 없었다.

II.

사랑과 슬픔의
격동의 세월

1. 내 인생의 전환점, 진리를 깨닫다

남들처럼 중학교도, 고등학교도 가보지 못한 나는 자나 깨나 꿈에도 소원이 공부였다.

윗동네 비상리에 천주교 분교가 들어와 저녁에만 집회를 했다.

그곳에 가면 공부를 한다는 소리를 듣고 찾아갔다. 그곳에서 영세를 받아야 정식교인이 된다고 해서 공부를 시작했다.

그런데 공부라고 하는 모든 내용이 교리를 암송하는 것이었다.

공부다운 공부가 아니라서 접고 말았다.

내 나이 열일곱 살이 되었을 때였다. 하루는 같이 나무하러 다니는 동네 친구가 공부를 무료로 할 수 있는 곳이 있다고 말했다.

나는 귀가 번쩍 뜨였다. 그곳이 어딘지 물어보니 바로 교회라고 했다. 저녁을 먹고 건너편 동네에 있는 교회로 그 친구와 함께 가보니 많은 청소년 20여 명이 큰 방에 빽빽하게 앉아 찬송을 부르며 예배를 드리고 있었다.

교회라고는 하지만 목사도 없고 전도부인(이시봉 전도부인)만 있는 시골의 남의 집을 빌려 쓰는 초라한 곳이었다.

들어가 보니 인근 동네 평소 아는 아이들이 절반 이상이었다.

한 번 가고 두 번 가고 다니면서 그곳에서 공부를 무료로 할 수 있는 성경 통신학교에 입학을 하고, 신문처럼 생긴 현대진리라는 과목이 왔다.

같이 교회를 다니던 친구 뒤에 김사윤 오른편 이명우

공부해서 답을 달아 보내면 다음 과목이 또 왔고 마치 통신 강의록의 축소판처럼 공부를 하고 또한 재미를 느꼈다.

현대진리라는 과목을 책으로 잘 만들어 지금도 잘 보관하고 있다. 현대진리 공부를 마치고 수료증을 받았고, 다음 상급과정으로 다니엘서와 요한계시록의 예언을 공부하면서 마음의 변화가 오기 시작했다. 바로 성령께서 어설프고 초라한 나를 사랑하셔서 내 마음 문을 열어 주시고 이 예언서를 깨닫게 하는 능력을 주셨다.

나는 이 예언이 기가 막히게 이루어지고 고대 역사를 통하여 연대까지 맞아떨어지는 기이한 공부를 하면서 무릎을 쳤다.

'바로 이거로구나. 이것이 진리로구나.'라고 외치면서 참 진리를 깨닫고 믿음이 생기기 시작했다. 사실 그전까지는 교회에 가서 장난치는 것이 일이었다.

교회까지 거의 1.5km를 걸어가면서 개구리도 잡고 조약돌도 주워서 예배시간에 풀어 놓으면 개구리가 이리 뛰고 저리 뛰고 교회가 수라장이 된

적도 있을 정도로 나는 개구쟁이 심술쟁이였다.

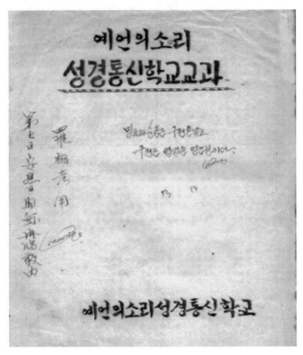

공부하던 성경통신학교 교재

3. 반석위에 집, 모래위에 집

어느 날 교회가 우리 동네(비중리)로 이사를 온다며 집(사택)을 지었다. 집을 짓고 전도부인이 이사를 왔다.

그리고 얼마 후에는 초라하지만 예배당을 건축하게 되었다.

이시봉 전도부인은 나를 아들처럼 대하고 극진히 사랑해 주셨다. 그러므로 예배당 신축공사에 최선을 다해 도왔다.

물론 돈은 없어서 낼 수 없지만 틈만 나면 가서 벽돌을 찍었는데 자꾸 비가 와서 흙벽돌이 깨졌다.

할 수 없이 인근에 사는 분들에게 공사를 맡겨서 집을 지었다.

그때는 많은 교회가 미국에서 지원하는 원조 물품(옷, 우유, 강냉이가루, 밀가루 등)이 와서 이것을 받아왔다.

이 원조 물품을 이웃에게 나누어 주고 봉사도 많이 했고, 나도 이것을 받아다 어머니에게 드려 양식을 보태기도 했다.

그 원조 물품을 이용하여 교회의 건축자금으로 사용된 것으로 알고 있다. 그때는 잘 몰랐지만 우리교회도 그렇게 건축자금을 마련했다고 하였다.

초봄에 열리는 사경집회에 서울에서 연로하신 윤치승 장로님이 강사로 오셨다. 예언연구와 안식일의 중요성을 배웠다.

오전 집회를 마치고 사택에서 잠깐 눈을 부치는데 천정에서 뚜두득 하는 이상한 소리가 들렸다.

순간적으로 벌떡 일어나 밖으로 피신하였다.

순간 3~4초 만에 지붕이 내려앉아 장로님의 베개와 이불을 덮치고 말았다. 건물은 아수라장이 되었고 장로님은 기적같이 털끝 하나 다치지 않고 무사했다.

연로하신 그 노인을 하나님께서 순발력을 주시어 찰나의 순간에 보호해 주셨음을 감사드렸다.

이 건물은 지은 지 불과 1년 만에 폭삭 주저앉아버렸다.

주위에 있는 사람들에게 맡겨서 지은 집인데 전도부인이 건축에 대하여 무지함을 알고 대충 기초공사를 하지 않고 집을 지었다.

흙바닥에다 흙벽돌을 직접 쌓았으니 해동 무렵에 습기로 밑에 얼어붙었던 벽돌이 녹으면서 벽돌이 무너지고 지붕이 내려 앉았던 것이다. 원망도 많이 했으나 그들은 오히려 뻔뻔했다.

세상이 너무나도 험하다는 것을 실감하게 했다. 그때 인사사고가 났다면 그 책임은 건축업자에게 있다는 것은 명백한 사실이었다.

'그러므로 누구든지 나의 이 말을 듣고 행하는 자는 그 집을 반석 위에 지은 지혜로운 사람 같으리니 비가 내리고 창수가 나고 바람이 불어 그 집에 부딪치되 무너지지 아니하나니 이는 주초를 반석 위에 놓은 까닭이요, 나의 이 말을 듣고 행하지 아니하는 자는 그 집을 모래 위에 지은 어리석은 사람 같으리니 비가 내리고 창수가 나고 바람이 불어 그 집에 부딪치매 무너져 그 무너짐이 심하니라.'(마태복음 7 : 24~28) 성경에는 이런 말씀이 있다.

욕심은 무엇이나 내 것으로 만들려고 하는 이기적인 마음이다.

어떤 사람은 그것은 인간 모두에게 있는 본능이라고 말한다.

무너진 교회를 재건하는 청년들

합법적이지 못하거나 인간 모두가 가지고 있는 양심에서 벗어나 더 많은 것을 욕심내고 힘센 자가 더 많이 소유한다는 논리가 많은 사람들의 본능처럼 되어 버렸다.

'욕심은 죄를 낳고 죄는 사망을 낳는다.' 는 성경 구절처럼 더 잘 살기 위한 욕심이 오히려 파멸을 가져오게 되는 경우도 많다. 남을 해롭게 하면서 자신의 이익을 취하는 것은 결코 자신을 더 풍성하게 할 수 없음을 알아야 한다. 욕심에 대한 예화가 생각난다.

결혼 30주년을 맞은 60세의 동갑내기 부부의 결혼기념일에 천사가 나타나서 부부에게 각각 소원을 한 가지씩 말하라고 했다.

아내가 이렇게 말했다.

"평생 가난하게 살다 보니, 해외 관광 한번 못가 보았는데 여러 나라를 한번 관광해 보았으면 좋겠습니다." 천사는 그 부인에게 항공권과 여행 경비를 건네주었다. 남편은 아내의 눈치를 살피더니 멋쩍은 표정으로 말했다.

"저보다 30세 더 젊은 여자와 살아 보았으면 좋겠습니다." 천사는 난처한 표정을 짓더니 남편을 향해 손을 쭉 내밀었다.

그 순간 30세의 예쁜 젊은 여성이 나온 것이 아니라 남편이 폭삭 늙어 90세의 할아버지가 되어버렸다는 재미있는 이야기다.

지나친 욕심은 화를 부르게 된다는 사실이다.

4. 가슴 두근두근 첫사랑

교회에서 키가 훤칠하고 하얀 피부를 가진 예쁜 아가씨가 눈에 들어왔다. 그러나 말 한마디 건넬 용기가 없었다.

어느 날 용기백배하여 눈인사를 건넸다. 그랬더니 나의 눈인사를 받아 주었다. 그 후 날짜가 지나면서 그가 누구인지 차차 알게 되었다. 그는 둘째 형님의 절친한 친구인 안병렬 씨의 막내 동생이고 우리 가문과는 혼사도 더러 있는 양반댁이라는 것을 알게 되어서 마음이 흐뭇했다.

이러한 관계를 알게 되자 그녀를 향한 내 마음이 차차 연정으로 불타오르며 짝사랑하기에 이르렀고 내 마음을 내가 스스로 주체하기 힘들어지게 되었다.

몇 번 인사를 나누기는 했으나 별다른 이야기 한번 해 보지도 못했는데 교회의 청년들 가운데 이상한 소문이 돌기 시작했다.

나상길이와 안병철이가 좋아한다는 소문이었다.

기가 막힌 일이었다. 나는 물론 좋아서 짝사랑만 하고 있었지 언제 단둘이 만나 정담 한번 나눈 적이 없었는데…. 그러나 그 소문이 한편 두렵고 창피하기도 하면서 은근히 기분이 좋았던 것이 사실이었다.

어느 날 내수 장날이 되어서 오후에 장터를 향해 떠났다. 교회 근방에 고개를 하나 넘어가는데 저 앞에 몇몇 여인들이 장터에 먼저 갔다가 고개턱을 올라오고 있었다.

그런데 이게 웬일인가. 그 여인들 속에 내가 그렇게도 그리던 그 예쁜 아가씨가 같이 걸어오고 있는 것이 아닌가.

누가 알까 모를까 눈인사를 나누는데 그 아가씨가 뒤로 쳐지더니 무엇을 꺼내서 내게 주는 것이 아닌가. 펼쳐보니 손수건이었다.

얼마나 좋았는지 날아갈 것 같은 기분이었고 온 세상을 다 얻은 그런 기쁨이었다. '이젠 되었다. 저 아가씨가 나를 좋아한다는 증표가 아닌가. 이제 적극적으로 프러포즈를 하고 작업을 걸 시간이 되었다.' 하면서 어떻게 해야 할지 구상에 들어갔다.

그때만 해도 연애를 한다는 것은 꿈도 꾸기 어려운 시절이었고 연애결혼은 아마 20명 중에 하나나 있을법한 어려운 시절이었다.

교회에서 예배가 끝나면 집까지 바래다주며 이야기를 하고 본격적으로 연애를 하기 시작했다.

전달해야 할 사항이 생기면 조카딸 금자 편에 고모에게 전하라며 편지를 전하기도 했다.

지금이야 연애를 해도 펴놓고 하는 시절이지만 그때는 그렇질 못하고 만약에 어른들이 알게 된다면 집안 망신이라고 온 집안이 야단이 날 것은 자명한 사실이었다.

어느 날 어머니에게 이 사실이 알려졌다. 그런데 어머니는 야단을 치시는 것이 아니라 차근차근 그 규수가 어느 집 딸인지를 캐물었다. 그래서 어머니에게 건너편 동네 사는 둘째 형님 친구인 안병렬씨의 여동생이라고 말했더니 '그 집안은 양반집이고 우리 집안과 혼인을 해도 되는 자리,' 라고 하시면서 은근히 허락하시는 눈치였다. 어머니까지 반대하지 않으니 한편 마음이 놓였다.

그러던 어느 날 어머님이 나에게는 일언반구 귀띔도 없이 교회에 오셨다. 막내며느리 감이 어떤지 궁금한 나머지 보려고 오신 것이다. 이것을 어떻게 눈치를 챘는지 예배 도중에 여자 친구가 도망을 치고 말았다.

그런데 급한 나머지 신발(하얀 고무신)을 바꿔 신고 갔는데 가다보니 자기 신발이 아니었다. 우리 어머니의 신발이었다.

그 이야기를 결혼 후에도 두고두고 하면서 아내를 골려 먹었다.

그 이후로 어머님은 그토록 사랑하는 막내며느리를 보지 못하시고 세상을 떠나셨다. 그때가 나에게는 일생일대에 최고로 행복했던 시절이었던 것 같다.

눈을 감아도 눈을 떠도 머릿속을 떠도는 것은 그녀의 모습, 정말로 내 눈에 콩깍지가 제대로 덮여있던 그 시절, 그때를 다시 한번 그리워한다.

'당신과 함께 라면, 당신과 영원할 수 있을 것 같아서 당신을 사랑할 수밖에 없어요.' '드디어 내 사랑을 알게 됐어요. 이 여인이라면 나는 행복할 거 같아요. 이제 그 사람에게 모든 걸 주고 싶어요. 내가 진정으로 사랑하니까요.' 금빛 은빛 무늬가 가득히 수놓은 융단이 하늘을 뒤덮고, 밤낮의 구분

없이 볼수록 아름다운 무지개 융단이 내게 있다면, 사뿐히 걷는 그대의 발
밑에 깔아 주고 싶으련만, 내 가난하여 오직 그대 발밑에 내 꿈을 깔았으니
사뿐히 밟고 걸으소서.'

5. 사랑하는 어머님을 여의다

열아홉 살에 그토록 사랑하던 어머님이 62세를 일기로 세상을 떠나셨다. 어머니는 6남 1녀를 낳고 기르셨지만 둘은 어려서 잃었다고 한다.

어려서는 말썽도 피고 사고도 더러 쳤지만, 아궁이에 불을 때 주고 우물 물도 나르면서 늘 자상하게 어머니의 일을 도왔다.

어머니는 막내아들인 나를 성경에 나오는 '리브가'가 쌍둥이 작은아들 야곱을 사랑했던 것처럼 나를 가장 아끼고 사랑하셨다.

나중에서야 안 사실이지만 어머니는 직장암을 알고 계셨다. 평소에 치질처럼 생각했는데 이것이 치질이 아닌 것을 몰랐다. 둘째 형님이 이장을 한 10년 보고 나서 술 좋아하는 기질 때문에 많은 빚을 지고 파산하였다.

조카들 7남매와 형수를 놓아두고 가출하여 소식이 없었다. 형편이 말도 못 하게 어려웠다.

우리 집도 넉넉지 못한데 아들 집, 손자까지 돌보아야 하는 어머님은 늘 푸념하기를, "그놈 자식이 어미 속을 하도 썩여서 내 속이 다 썩어 이렇게 나오는가 보다."라며 형님을 원망했다.

사실 요즘 의학계에서 발표한 통계에 의하면 암 환자의 81%가 스트레스가 원인이라고 한다.

지나친 스트레스는 NPY라는 물질을 만들어 면역체가 병원균을 찾아 파괴하는 기능을 방해한다고 한다.

아버님이 면사무소를 드나들며 어렵게 영세민 의료혜택을 받아 서울 중앙의료원에 입원하셨으나 보호자 하나 없는 수술실에서 수술 도중 안타깝게 숨을 거두시고 말았다.

지금이야 의료기술이 선진화되어서 암 환자 80% 이상 완치가 되지만 그때만 해도 암이라면 이름도 생소하고 암에 걸리면 거의 다 사망하는 무서운 병이었다.

병원에서 전보가 왔다. '환자 상태 의논 보호자 급내원 바람'이라는 내용이 지금도 선명하게 생각난다.

나는 새벽 열차를 타고 일곱 시간을 달려 병원에 도착했는데 관계자의 말이 최선을 다했으나 어머님이 수술 도중 심장마비가 일어나 사망했는데 뒤처리를 잘하라는 이야기였다.

온통 하늘이 노랗게 보이고 어찌할 바를 모르고 통곡하다가 기차를 타고 충주 큰형님 댁에 들려 소식을 전하고 집으로 돌아와 아버님에게 전하고 온 동네가 다 모여 장례 준비에 들어갔다.

3일 장을 마치기까지 나는 식음을 전폐하고 통곡했다. 어머니를 모신 상여가 종중 산 호명리까지 3km 정도를 행진하는데 넋 나간 나는 친구의 부축으로 간신이 상여 뒤를 따라가 형님들의 뜻대로 장례절차를 마쳤다.

사실 아버님의 상심이 더 컸을 터인데 그건 뒷전이고 '나를 두고 어떻게 가셨나?' 생각하며 정신 나간 사람처럼 장례를 마쳤다. 머릿속에는 밖에 나가 있다가 집에 들어오면 "너 이제 오니? 배고프지? 밥 먹어라." 하시며 반기시던 어머님의 환영幻影이 늘 머릿속에서 지워지질 않았다.

그래도 장례 때 교회에서 성도들 몇 사람이 참여하여 위로 예배를 드렸고, 그 속에 나의 사랑하는 여자 친구도 왔다가 갔다. 사랑하는 여자 친구가 어머니를 잃은 나에게 너무도 큰 위로가 되었다.

어머니가 작고하시기 전에 일본에 있는 친 누님 같은 사촌 누님이 처음으로 고국을 방문했다.

일본과의 관계가 좋아지면서 방문의 길이 열리게 되었다. 우리 아버지가 열네 살 된 조카딸을 일본으로 데려가 기르고 취직시키고 결혼을 시켰었다.

그런데 매형은 일찍 사망하셨고 홀로 두 아들을 키우며 전쟁의 참화 속에서 무지한 고생을 했다고 한다.

6.25전쟁 10년 후 가족사진

고국이 어렵다는 말을 듣고 헌 옷과 잡다한 물건들을 잔뜩 가지고 와서 친척들에게 나누어 주었다.

그때 나일론 옷이 얼마나 질기고 좋은지 비로소 알게 되었고 나에게는 트

랜지스터라디오를 주었다.

이것을 주머니에 넣고 돌아다니면 많은 사람들이 라디오 소리가 어디서 나는지 몰라 의아해 했다.

그때는 라디오가 큰 상자만큼 커서 작은 라디오는 상상도 못했던 시절이었다. 누님은 많은 사람들에게 도움을 주고 마지막으로 서울 중앙의료원에 입원해 있는 어머니의 병문안을 하고 떠났다.

6. 와중에 터진 교회문제

그런 중에 교회도 문제가 생겼다. 그동안 계시던 전도부인이 갑자기 서울 본가로 가신 것이다.

교인은 대부분 교회에 놀러 나온 청소년 30여 명, 그 들이 회의를 했고 대표자를 선출했는데 거의 30명 정도가 나를 지지하므로 90% 이상의 득표로 교회 책임자가 되었다. 목사의 대리자였다.

그 후로 심방도 하고 설교도 하고 무척 바쁜 일상을 보냈다. 그때의 나는 겨우 열아홉 살이었다.

어떻게 그 일을 감당했는지 그때를 생각하면 지금도 저절로 웃음이 나온다. 무식하면 용감하다고 아무것도 모르는 초년생, 어린 것이 어떻게 강단엘 섰는지 생각할수록 신기할 뿐이다.

그때 교회 나오기 시작한 지 삼 개월도 안 된 30이 넘은 어른이 있었다. 그런데 나이 어린아이라고 무시하고 온갖 간섭을 다 했다. 이분이 교회 지도자를 하고 싶어 했다.

그러나 청년들의 반응은 싸늘했다. 이분이 시기하고 질투한 나머지 심술

57

을 부리기 시작했다.

교회라야 헌금 한 푼 제대로 내는 교인이 몇이나 되겠는가. 거의 청소년
들이고 할머니 두 세분이 헌금을 보태는데 이 헌금을 내가 착복한다는 유
언비어까지 퍼뜨리며 온갖 방해를 다 했다.

견디기 어려운 일이지만 참고 맡은 일을 감당해 나갔다.

농사일하는 바쁜 일정 중에 언제 성경을 읽고 설교 준비를 할 수 있는가?
어떤 날은 발에 묻은 흙도 제대로 털지 못한 채 교회에 가서 대회에서 목회
자가 없는 교회에 배부해준 낭독문을 읽기도 했다. 지금 생각하면 그때의
성도들에게 미안하기 그지없는 일이었다. 아는 것도 없었고 그렇다고 준비
할 시간도 없었다.

그러나 지나고 생각하니 지금의 내가 강사로 활동하며 수천 명 앞에서도
주눅 들지 않고 강의를 하며 박수를 받는 것은 그때부터 갈고 닦은 것이 큰
기틀이 되었다고 생각하며 감사하고 있다.

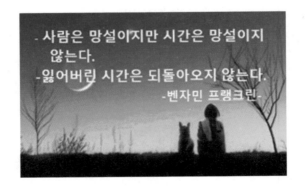

7. 어린 신랑 신부의 결혼

어머니를 떠나 보내드리고 세월이 몇 개월 쯤 지난 어느 날이었다. 우리 두 사람의 사랑에 큰 시련이 다가왔다.

술을 무척이나 좋아했고 알코올중독이 되어있는 장래의 큰 처남이 주위의 지인들과 함께 술 한 잔 얼큰하게 얻어먹고 술김에 막내 여동생의 사주단자를 받아왔다.

그야말로 당사자는 누구인지 얼굴도 모르는 사람에게 여동생을 술 몇 잔과 바꾸기로 한 것이다. 기가 막힌 일이었다.

여자 친구와 진지하게 상의한 후 용기백배하여 사주단자를 본인이 직접 돌려주기로 했다.

며칠 후 저녁, 친구 박기묵과 같이 그 집을 찾아갔고 용기가 없어 망설이는 그녀에게 용기를 주면서 다른 방법이 없지 않느냐, 본인이 돌려주는 것이 가장 현명한 방법이고 어른들의 입장도 어렵지 않게 된다고 설명하고, 나는 밖에서 기다렸다.

여자 친구는 방을 노크하고 들어가 사주단자를 돌려주고 간단히 설명한 후 정신없이 방을 빠져나왔다.

이렇게 술로 말미암은 웃지 못할 일은 해프닝이 되었다.

일이 이렇게 되자 여자 친구의 집에서는 자연히 남자친구가 있다는 것을 알게 되었고 나는 용기백배하여 여자 친구의 어머님을 만나 그동안 있었던 일을 상세히 고했다.

그러나 보잘것없는 나를 그 집안에서 인정하기는 누가 보아도 어려운 일이었다. 배운 것도 없고, 가진 것도 없고, 홀시아버지를 모셔야 하는 여러 가지 좋지 못한 악조건만 잔뜩 쌓여있는 나를 어떻게 인정할 수가 있겠는가? 둘째 처남이 몽둥이를 들고 "이놈의 자식 때려죽인다, 감히 네놈이 내 동생을 넘봐!"라며 달려들었다. 나는 쏜살같이 도망하여 그 위기를 모면하였다.

결국 아버님도 이 사실을 알게 되었고, 며느리를 맞이하여 밥을 얻어 드시는 것이 아버님의 소망이었는데 아버님은 막내아들이 나이는 비록 어리지만 사귀는 처자가 있다니 얼마나 반가우셨을까? 주위의 지인들에게 부탁하여 혼인의 청을 수차례 놓았으나 번번이 거절당하고 말았다.

그러나 자식 이기는 부모가 어디 있으랴, 온 동네 소문은 다 퍼졌고 그대로 둘 수 없다는 판단 아래 장모님의 허락이 떨어졌다.

장인어른은 이미 작고 하신지 3~4년 후라 계시지 않고 큰 처남이 우리 집을 찾아와 사주를 쓰게 되었고 결국은 참으로 어려운 수많은 난관을 돌파하고 결혼의 승낙이 완결되어 혼인 날짜를 잡았다.

1963년 음력 11월28일, 비록 초라하지만 내가 다니고 내가 헌신하여 세운 교회에서 결혼식을 신식으로 올리고 싶었다.

일가친척에게 연락도 제대로 못하고 동네 지인들과 친척들이 모여 결혼식을 올렸다. 주례는 청주교회 표해철 장로님을 추천받아 부탁을 드렸는

데 흔쾌히 승낙하셨다.

비가 부슬부슬 내렸다. 나는 이 비를 어머님의 눈물이라고 하며 눈시울을 붉혔다. 가장 나를 잘 도와주었던 초등학교 동창생 박기묵이 청주에서 택시를 불러와 집까지는 얼마 안 되는 거리지만 택시를 타고 집에 왔고, 나이 어린 신랑 신부의 신혼은 보잘것없이 초라하게 시작이 되었다.

처가댁은 얼마 전까지만 해도 시골에서 머슴을 두 명씩 두고 농사를 짓는 꽤 괜찮은 집안이었으나 처남의 주벽과 여러 가지 난관 속에 가세가 크게 기울어져 있었으므로 혼수하나 제대로 해 줄 수 없는 형편이었다.

더구나 남들이 알까 두려운 연애를 했고, 맘에 드는 혼처가 아니기 때문에 혼수다운 혼수가 전혀 없었다.

비가 부슬부슬 내리는 날, 우리 집 마당에서 주위의 지인들과 친척들이 모여 혼인 잔치를 간소하게 치렀다.

청주교회에서 큰 알루미늄 밥통을 하나 선물로 가져 왔는데 그게 그렇게 좋을 수가 없었다. 결혼기념의 유일한 선물이었으니 말이다.

'삶이 지칠 때 눈을 감고 두 사람을 떠올려라. 네 아버지와 어머니를, 세상이 널 버렸다 생각하지 마라, 세상은 널 가진 적이 없다. 포기하지 마라, 저 모퉁이만 돌면 희망이라는 두 글자가 보이게 된다. 희망은 절대로 그대

초라했던 결혼식

를 버리지 않는다, 자칫하면 희망이 그대를 버릴지도 모른다.'

가난은 누굴 탓할게 아니다. 내 인생에 있어서 가난은 잠시 고통의 시련을 기르는 기간과도 같았다.

나는 어렸을 때 어머님이 들려준 '너는 잘 될거다'라는 희망과 용기와 자신감을 가지고 최선을 다하며 열심히 살았다.

"많은사람들이 그들의 체면을 유지하기 위하여 고생을하기 때문에 가정생활이 불행하게된다. 그들은 가구를 진열하고 실제로 그들이나 그들의 행복에 상관없는 이들의 찬사를 얻으려고 거액의 돈을 쓰고 끊임없는 수고를 들이고있다." (그늘 없는 가정 40)

돈이 행복의 조건이 되지 못하고 그들의 알량한 명예가 결코 행복이 될 수 없는 것이다.

체면과 의식의 굴레에서 벗어나 참된 마음으로 하나님을 모신, 가족이 하나가 되고 서로가 아껴주며 웃음꽃이 피어나는 가정이 참으로 행복한 가정임을 모두가 깨달아야 한다.

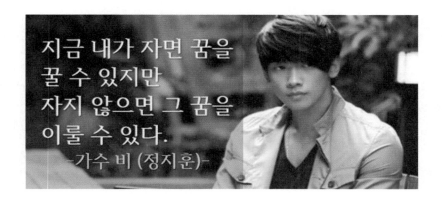

지금 내가 자면 꿈을
꿀 수 있지만
자지 않으면 그 꿈을
이룰 수 있다.
-가수 비 (정지훈)-

Ⅲ.

희망의 꿈을 키우다

1. 가난했지만 행복한 결혼생활

　가난하게 신혼을 시작했고, 성질도 별난 홀시아버지를 모시는 어려운 사건들이 종종 발생했지만, 지나고 보니 그때가 내게는 행복한 삶을 위하여 하나하나 준비하는 과정이었다고 생각한다.

　예쁜 딸이 탄생했다. 우리는 어린 것이 부모가 되어 창피한 생각도 들고 좋아하기만 할 수가 없었다.

　아내는 모유가 적어 아기가 먹기가 태부족인데 우유를 사서 먹일 돈이 어디 있는가. 암죽을 먹이고 백설기 떡을 만들어 죽을 끓여 먹였다. 설탕 살 돈이 없어서 약국에 가보니 포도당이 설탕보다 값이 싸서 그것을 사다 먹이기도 했다.

　우유는 아기가 젖을 떼기까지 겨우 한 통을 가지고 냄새만 풍기게 했다. 충주에 사는 큰 형님은 충주 비료공장엘 다니기 때문에 경제적으로는 큰 걱정이 없었다.

　명절에 충주 큰집에 갔더니 다락에 3kg짜리 설탕 몇 포가 있었다. 형수에게 우유 통으로 한 통을 얻어 왔는데 그게 얼마나 좋았는지 몰랐다고 아내가 말했다.

아이는 약하디약하나 그럭저럭 자랐다. 아버님은 오랜만에 보는 손녀라 귀여워 어쩔 줄 몰라 하셨다. 잔치집에 다녀오실 때는 언제나 코 수건에 사탕 몇 알을 가져다가 손녀딸에게 주면 '하부지!' 하며 반갑게 쫓아가 그걸 맛있게 받아먹었다.

지금도 우리 큰 딸이 몸이 약한데 그 아이를 볼 때마다 옛날 가난 때문에 제대로 먹이지 못한 것이 내 마음에 한으로 남아있다.

큰 딸 백일 사진

우리가 아무렇지도 않게 내뱉는 말이 운명이 될 수 있다. 말이 씨가 된다고 나는 강의 때마다 강조한다. 우리의 뇌는 상상과 실제를 잘 구분하지 못한다.

사람들은 부정적이고 소심한 나의 성격이 왜 이럴까? 하고 자신을 탓한다. 그러나 탓하기 전에 내가 부정적인 말을 하고 다니지는 않는지 먼저 살펴보는 것이 어떨까? 다른 사람들에게 불평불만을 하고 다니는 부정적인 사람이었다면 이제부터라도 주변 사람에게 또는 상점에서 일하는 직원들에게 '수고하세요.' '감사합니다.'라는 긍정적인 말 한마디를 건네 보면 어떨까 싶다.

긍정적인 말을 하는 자신도, 그리고 그 말을 들은 상대방도 서로 기분이 좋아지는 것을 경험하게 될 것이다.

나는 40년 동안 사업을 하면서 직원들에게 좀 더 살갑게, 좀 더 긍정적으로 대하지 못하고 맘에 안 들면 야단치고, 화를 냈던 일이 두고두고 후회되며 지금의 나라면, 절대로 그렇게 하지 않았을 것이라 생각한다.

하루에 한 번씩이라도 거울을 보며 자신을 향해 '할 수 있어!' '힘을 내자!' '예뻐!' 라는 말을 한다면 나도 모르게 성격이 긍정적으로, 변화되는 것을 느낄 수 있게 된다.

오늘부터라도 긍정적인 말을 한마디씩 연습해서 변화되는 하루가 되면 얼마나 좋을까. 스스로에게 '나는 재수가 없어,' '나는 뭐를 해도 안 돼.' 라고 하면 정말 그렇게 되고, '나는 반드시 잘 될 거야,' '나는 성공할 수 있어.' 라고 말하면 또 말처럼 그렇게 될 것이다.

애벌레에게는 길에 늘어선 것들이 모두가 다 장애물이고 문제투성이 들이다. 앞에 있는 돌덩이도 문제고, 냇가도 문제고, 막대기도 문제다. 그러나 나비에게는 이 모든 것이 구경거리다. 하지만 애벌레가 변하여 나비가 된다는 사실을 잊지 말자.

말의 힘은 크다. 긍정적인 말을 하면 긍정적이고 좋은 결과가 오지만 부정적인 말을 하면 반대의 결과가 나온다. 그래서 항상 희망과 꿈을 이룰 수 있는 말을 해야 한다. 자신과 타인에게 사랑과 긍정과 꿈을 줄 수 있는 희망의 말을 많이 하도록 하자. 그러면 말한 그대로 가지고 있는 꿈이 이루어진다.

나는 아버지가 서두르시는 바람에 생각지 못한 어린나이에 결혼을 했다.

세상 모든 만사는 마음먹기에 달렸다.

- 스트레스 Stressed 의 철자를 거꾸로 하면 디저트 Desserts 가 된다.
- 어떤 사람은 똑같은 일이 스트레스가 되고 다른 사람은 디저트로 다가온다.
- 내가 즐거우면 모든 것이 즐거워 보인다. 내가 행복하면 모든 것이 행복해 보인다.
- 상황이 바뀌지 않더라도 내가 바뀌면 다른 상황이 된다.

　내 나이 21세, 아내는 20세, 철부지 아이들이 무엇을 알겠는가? 73세가 넘은 고령의 아버지에게는 며느리가 손녀딸이나 다름없는 나이였다. 20세 철부지가 해온 밥상이 맘에 들지 않는다고 상을 뒤집어 엎어버리는 일도 더러 있었다.

　우리 집은 앞에 종 치는 종루가 있는 집이었다. 하루는 아버지가 종을 땡땡 치시더니 새끼줄을 손에 쥐고 종대를 올라가셨다. 동네 사람 모아놓고 목매달아 죽는다며 소동을 피우는 것이었다. 목을 달려면 뒤뜰이나 사람 보이지 않는 곳에서 다실 일이지 동네 사람 다 보이는 종루에서, 그것도 종을 치고 사람들을 모으고 하셨는지…. 한 번은 집에다 불을 지른다며 성냥불을 초가지붕에다 켜대는 시늉을 하셨다. 기겁을 한 나는 성냥을 빼앗아 버렸다.

　쾌쾌 묵은 초가삼간에 불과하지만 순식간에 집을 태울 수 있는 아주 아찔한 순간이었다.

　봄만 되면 춘궁기가 여지없이 찾아와 우리 집은 식량이 떨어져 남의 집에서 쌀을 한 가마 빌려왔다.

그때는 고금리였기 때문에 가을에 수확을 마치면 50%인 쌀 15말을 갚아야 한다. 그 쌀은 황금보다 귀한 우리 집의 생명줄이었다. 그러나 아버지는 그 귀한 쌀을 한 말 가져다가 돈과 바꾸었다. 양식보다 귀한 것이 아버지의 골패(노름) 밑천이었기 때문이다.

어머님의 말씀에 의하면 아버지는 일본에서도 도박 때문에 수 없는 고초를 겪었고 큰형과 둘째 형이 초등교육 마치고 공장에 취직해서 병아리 같은 손으로 벌어온 그 귀한 돈을 어머니가 차곡차곡 통장에 넣어놓았는데 노름빚에 쪼들린 아버지의 생각에는 아무런 상관없이 오직 돈만 보였다.

그 통장을 어머님보고 내놓으라고 하니 그것을 쉽게 내어 줄 수가 있는가, 구타하고 강제로 뺏어가 탕진하고 말았다.

아버님의 허물이기도 하다. 하지만, 노름 때문에 망쳐진 우리 집의 현실을 감추고 싶지 않다.

가정의 안녕과 행복을 추구하는 사람들에게 거울이 되기를 바라는 마음에서 적어본다.

나이 어린 막내아들, 그 자식 덕으로 조석 굶지 않고 지내려고 서둘러 결혼을 시킨 아버지를 나는 도저히 용납하고 이해할 수가 없었다. 그래서 아버지에 대한 좋은 추억보다는 아버지를 향한 원망만 가득하게 되었다.

내가 군대 가고 없을 때 양식이 다 떨어져 남은 쌀 한 줌으로 아버님의 밥상에 밥 한 그릇을 올리고 나니 자기는 먹을 것이 없어서 부엌에 나가서 물 한 그릇을 마시고 펑펑 울었다는 이야기를 아이들을 통해 뒤늦게 듣고 아내에 대한 고마움과 미안함으로 눈시울이 뜨거워졌다.

한번은 청주에 갔다가 시내 구경을 하는 중 초상화를 멋지게 그려 진열한 곳을 발견하고 넋 나간 사람처럼 구경했다.

점포에 들어가서 인사를 하고 배울 수 없느냐고 물었다. 그런데 대답은 바쁘기 때문에 지도해 줄 수가 없다고 했다. 그 후로 시간만 나면 청주에 나와 지도는 받지 못했지만 그리는 방법을 열심히 견습했다.

더러 짜장면도 대접하곤 했다.

그 후로 집에서 열심히 연습하고, 남의 초상화를 그려주고 대가도 받았다. 처음으로 남의 돈을 구경하는 기쁨이 오니 마치 우리 집의 희망과 행복이 보이는 듯했다.

21살 때 어머니의 초상화를 그려서 선생님께 가지고 갔더니 열심히 하면 될 거 같다는 희망의 말씀을 받았다.

차츰 빚도 줄어들고 어렸을 때부터 그림 그리는 일이 나의 희망이요 꿈이던 것이 조금씩 이루어져 가는 것을 느낄 수 있게 되었다.

21살 때 그린 어머니 초상화

2. 또 다른 고통, 입영일지

나이 어린 아내에게 또 다른 고통의 세월이 다가왔다.

바로 내게 군대 징집영장이 나온 것이다. 성질 별난 홀시아버지를 모시며 가난을 이기고 어린 것 데리고 살아가기도 어려운데, 믿고 의지하던 남편이 군대를 간다니 청천벽력과도 같았다.

그래도 아내는 군대 가는 그날도 나에게 눈물 한번을 보이지 않았다. 왜 눈물이 나지 않았겠나.

나이는 어리지만 일찌감치 철이 들은 아내는 사랑하는 아내와 딸을 두고 가는 나의 마음을 아프게 하지 않으려고 의연한 척 했던 것이다.

1965년 7월 7일 내가 군에 입대한 날이다.

병역 신체검사 때 아이큐검사 시험이 있었는데 가장 좋은 성적을 거두었다며 행정병과를 부여받았다.

그러나 막상 입대하고 보니 보병이 모자란다고 무더기로 보병이 되고 말았다. 전반기 훈련을 마치고 후반기 교육에서는 참으로 편하게 훈련을 받았다.

입대할 때 내가 그린 초상화와 그림 몇 장을 가지고 갔다. 그것을 본 내 무반장이 자기의 추억록을 그려 달라며 모든 훈련에서 제외시켜 주었다.

그때만 해도 훈련소의 모든 교육시스템이 참으로 엉터리였던 세월이었다. 나는 57mm 무반동총을 배우는데 훈련장 한번 제대로 가지 않고 훈련 기간을 보냈으니 아무것도 모른 채 훈련을 마쳤고, 그래서 다른 훈련병들이 제일 부러워하는 처지로 훈련을 마쳤다.

최전방 1사단(철원)에 배치가 되어 6주 동안 전방 교육을 마치고 우여곡절 끝에 대대장의 특명으로 3대대 작전과에 배치가 되었다.

그때까지 내 학력은 기록상 초등학교 졸업이었다.

그런데 그림을 잘 그리고 글씨를 잘 쓴다고 대대장이 나를 찍었다고 한다. 몇 개월 후 연대 작전과에 차트사가 제대를 하므로 급하게 나를 데려간다고 연락이 왔다.

상급부대가 좋다고 하지만 가기가 싫었다. 왜냐면 이곳 대대에서도 이젠 업무도 파악하고 아래 사병도 한 명이 들어와서 조금은 편해지기 시작했으므로 가기가 싫었다.

작전장교도 나를 보내기 싫어서 아직 특명이 나지 않았으니 가지 않아도 된다며 나를 붙잡았다.

차트사가 없는 연대 작전과에서는 야단이 났다. 급한 나머지 밤에 연대 작전장교가 나를 데리러 왔다.

그러나 나는 다른 곳으로 도망하여 몇 시간이 지난 후 그가 가고 없다는 사실을 알고 돌아왔다. 이틀이 지났고 통신병이 들어오면서 '나상길! 너 특명 났어.' 하는 것이다.

가기는 싫었지만 어쩔 수 없었다. 작별인사를 하고 12연대 본부까지 갔다. 전화위복이라 했던가, 가서 보니 거기가 천국이었다.

대대에서는 저녁마다 점호시간이 지나면 상급자들이 괜한 트집을 잡고 두들겨 맞는 것이 일상이었는데 이곳은 너무나 분위기가 좋았고 자유로웠다.

작전과라는 부서는 춥고 배고픈 부서라는 말이 있다.

왜냐면 생기는 것 없이 일은 산더미처럼 많아서 늘 야근해야 하고 고달픈 부서라 생긴 말이다.

장교들은 이곳에 근무하면 고과점수가 많이 나와 승진에 유리하지만 사병들은 늘 야근해야 하는 지옥 같은 부서였다.

그래도 대대와는 달리 졸병들을 볶는 상사가 없어서 분위기가 참 좋았다. 부대가 쌍룡부대라서 쌍룡그림을 무수히 그렸다.

위병소에도 쌍룡그림을 그리라는 명을 받고 페인트를 별로 사용해 보지도 못해서 잘 몰랐으므로 페인트를 뒤집어써 가면서 열심히 그리다 보니 잘 그렸다고 칭찬을 받았다. 더러는 옆의 대대장이 찾아와 부탁해서 대대장실 현황판을 만들어 주며 극진한 대접을 받기도 했다.

이곳 참모부에는 대학 나오지 않은 사병이 거의 없었다. 그기에 나도 대학을 나온 것으로 알고 있는 장병들이 대부분이었다.

한 번은 사단에서 열리는 반공포스터 그리기 대회가 있었다.

열심히 그려서 제출하고 옆에 있는 정보참모가 자기도 하나 그려 달라고 해서 적당히 그려주었다.

그런데 결과는 정보참모 것이 대상, 내 것은 금상이었다.

군대라는 데가 다 그런 것 아닌가. 그래도 기분은 좋았다. 사단장 상을 탔기 때문에 포상으로 일주일 휴가도 받아 집을 다녀왔다.

내가 맡은 일은 작전과 내에 있는 정훈사병과 차트사를 일 년 이상 겸임했다. 우리 연대 약 3,000여 명의 군인 중에 글을 모르는 문맹자가 백여 명

위병소 쌍룡을 그리며

이 넘어서 하사관으로 구성된 교사들을 구성하여 국민독본을 가지고 문맹퇴치를 하는 업무를 담당하기도 했다.

매일 밖에 나가서 신문을 수령하여 각 대대와 중대에 보급하는 일을 하다 보니 밖에 나가는 일이 많았는데 밖에 나가면 보이는 것이 먹을 것 천지인데 돈 없이 밖에 나가는 것도 참으로 고역이었다.

매월 마다 천연색으로 된 '새 힘'이라는 잡지가 몇 백 권 나왔다. 칼라잡지가 귀한 때라 이것이 대인기였다.

이것을 얻으려고 장교들까지 전화가 오고, 찾아오고, 그래서 나에게는 이것이 최고의 무기였다.

단골로 얻어가는 장교들에게 아쉬운 부탁도 더러 하고, 옷도 새것으로 바꾸어 얻기도 하고, 군화도 늘 새 군화를 신고 군 생활을 하였다.

많은 장교들, 사병들이 군 생활을 기록한 추억록에 그림을 그려 달라는 부탁을 받았다. 여기에 군 생활 중 만든 추억록 속에 그린 그림을 몇 가지 싣는다.

육사출신으로 실력 있고 좋은 지일환(후에 육군중장으로 육군사관학교장) 참모가 부임하고는 내무반을 참모부가 따로 쓰도록 해주고 일거리도 줄고 사병 일곱 명이 교대로 휴가나 출장 증을 가지고 집을 다녀오게 해주었다.

사병들에게는 이보다 더 좋은 일은 없었다. 나는 군 생활 30개월 동안 남들은 자는 시간에 밤새워 차트를 써야하는 고생도 했지만, 일곱 번이나 휴가를 얻어 집에 다녀오고 기술이 있다고 꽤나 대접도 받고 좋은 경험을 갖는 기간이었다.

추억록에 그려준 그림들

전에는 차트가 무엇인지도 잘 몰랐는데 내가 제대할 때는 차트 기술자가 되어서 돌아왔으니 군 생활 30개월이 수 없는 날밤을 새우며 고생을 했지만 전혀 헛되지 않고 꿈과 희망을 가지고 차곡차곡 준비하는 기간이었다고 생각한다.

꿈과 희망이 없는 사람은 단지 지금 움직이고 있는 하나의 물체에 불과하다. 비전이 있는 사람은 희망을 소유한 사람이다.

그러므로 그 희망과 비전을 내 것으로 만들기 위해 최선을 다해야 한다. 희망과 꿈이 있는 사람에 비해 희망이 없이 포기한 인생을 사는 사람이 더 빨리 죽는다고 한다.

추억록에 그려준 그림들

어떤 병원에서 있었던 일을 기록해본다. 한 환자는 대수롭지 않은 병이라 조금만 치료하면 낳을 수 있는 병이고, 다른 한 사람은 불치의 병이라 거의 절망 상태의 환자였다.

그런데 이 두 사람의 차트가 실수로 바뀌었다. 절망적인 환자에게는 조금만 치료하면 곧 완쾌된다고 말했고, 다른 대수롭지 않은 환자에게는 불치의 병이라 고치기 힘들다고 말했다.

불치의 병에 걸린 사람은 나을 수 있다는 희망을 품고 긍정적인 삶으로 변환하므로 병세가 호전되고 결국 완치가 되었다.

그러나 대수롭지 않게 생각했던 환자는 의사의 말을 듣고 절망에 빠져 병세가 점점 악화되면서 석 달 만에 죽음을 맞게 됐다고 한다. 희망은 미래를 향하여 기대를 동반한 욕망이며 인간 모두에게 열렬한 동기부여가 되는 것을 잊지 말아야 한다.

꿈은 이루어 진다.
그러나 열정과 끈기가 없다면 헛수고에
불과하다.

3. 시골 이장에서 공무원으로

1967년 12월 30개월의 군 생활을 무사히 마치고 돌아왔다.

2년 반 동안 우리 집의 빚은 좀 늘어서 쌀 5가마가 빚으로 남아 있었다. 열심히 농사도 짓고, 빚을 갚고 가족들의 생계유지를 위해 일했다.

그러던 중 동네 이장이 공석이 됐으니 이장을 선출한다고 동네 회의에서 나에게 이장이라는 직임이 돌아왔다.

청원군 북일면 이장 중에서 가장 나이 어린 이장이었다. 군에서의 경험을 바탕으로 열심히 이장직임을 18개월 동안 수행했다.

여러 사람을 대표해서 책임자가 된다는 것이 얼마나 힘들고 어려운 일인지를 실감하는 좋은 기회였다고 생각한다.

우리 형님이 이장직을 수행하다 빚더미에 쌓여 파산하는 지경에 이르고 그 후임 집안 형님도 똑같이 되었다.

그래서 나는 매일매일 자금 출납을 정리하고 이장 보면 집 망한다는 전철을 밟지 않으려고 철저하게 자금관리에 힘썼다.

나는 원래 술, 담배와는 거리가 멀기도 하지만 면사무소에 가면 볼일 보고 거의 점심은 찐빵이나 칼국수로 때우며 관리를 하므로 빚을 지는 일은 없었다.

이장직을 수행하는 도중 도청에서 차트를 쓸 기능직 공무원을 급하게 구한다는 소문이 들어왔다.

혹시나 하는 생각으로 응시를 하였다. 단 한 명을 채용하는데 응시자가 12명이나 모였다. 어려울 것이라 생각하며 별로 기대를 안 하고 집으로 돌아왔는데 합격이라는 통지가 날아왔다.

우리 집은 완전 축제 분위기가 되었다. 사랑하는 아내는 비로소 농사꾼의 아내라는 신분에서 벗어나 공무원의 아내가 된다고 생각하니 잠을 이루지 못하며 좋아했다.

당장 출근하라는 연락이 왔다. 아내는 양은 도시락에 밥을 싸서 나에게 주었다. 그때는 직장인 대부분이 도시락을 가지고 출근하던 시절이었다.

첫새벽 일어나 내수역까지 5km를 걸어서 기차를 타고 출근을 했다. 출근해서 보니 그곳은 충청북도 도청 기획관리실이었다.

인사를 마치고 업무에 들어갔는데 군대에서는 한글만 쓰다가 관공서에서는 한문을 섞어서 쓰기 때문에 한문 실력이 모자라서 어려움이 많았다.

어렸을 때 서당에 다니라는 아버님의 말씀을 듣고 단 1년이라도 한문을 배웠다면 얼마나 좋았을까? 참으로 많은 후회를 했다.

그래도 옛날에는 초등학교에서도 약간의 한자를 공부하였고 독학을 하면서도 한문을 좀 배운 것이 꽤 많은 도움을 받았다.

하루 이틀 출근하면서 분위기도 좋고 더러 회식도 하는데 '세상에 이렇게 좋은 식사가 다 있다니.' 하면서 놀라기도 했다.

언제 촌놈이 이런 엄청난 식사 상을 보기나 했던가 말이다.

동네 이장을 맡을 사람이 아직 없어서 이장직을 수행하며 출근을 했다. 한가한 시간에는 비료공급 내역도 뽑고 석유배급량도 정하고 바쁘게 지냈다.

그뿐 아니라 교회도 내가 책임자이기 때문에 설교도 해야 하고 할 일이 태산같이 많았다. 그런데 큰 문제가 생겼다. 6.25 때 의용군으로 끌려간 형님이 북한에 있다는 문제가 터진 것이다.

내가 열일곱 살 때 일본을 통해서 북한에 끌려간 형님에게서 편지가 왔다. 나중에 안 사실은 조총련들이 북한을 드나드는 편에 편지를 보낸 것이다. 그때는 연좌제(범죄자와 일정한 친족 관계가 있는 자에게 연대적으로 그 범죄의 형사책임을 지우는 제도.)가 있어서 피해를 보는 사람이 많았다.

차트사는 1급 비밀까지 취급해야 하는 중요한 자리인데, 몇 차례 신원조회를 한 결과 공무원으로는 부적격 판정이 나온 것이다.

겨우 한 달 정도 출근을 했는데 이게 무슨 날벼락 같은 일인가! 나는 왜 이렇게 되는 일이 없는가, 하고 세상을 원망하며 땅바닥을 치며 얼마나 통곡을 했는지 모른다.

아내는 같이 눈물을 흘리며 내 손을 꼭 잡고는, "이 모든 것이 우리가 더 잘되게 도와주시려는 하나님의 뜻인지도 모르지 않느냐."며 나를 위로해 주었다.

사실, 지나고 나서 생각하니 그 일이 나의 인생에서 가장 중대한 고비를 결정하게 하신 하나님의 섭리라고 생각한다.

그냥 공무원으로 있었다면 오늘날의 나상길은 없었다고 생각해보았다.

왜냐면 내가 과연 제대로 된 신앙을 유지할 수 있었겠는가? 그때의 공무원을 그대로 했다면 간신히 가정의 안위는 지켰을지 모르지만 자유분방하게 교회 사업이나, 봉사사업이나, 대학에서 강의하는 일등강사로서의 성장은 물거품이었을 것이라고 생각한다.

나는 시골의 목회자가 없는 작은 교회를 돌보고 설교도 하며 지도자로서의 발걸음을 시작했으므로 내 인생에 자신감과, 경험을 쌓아가는 절호의 기회가 될 수 있었던 것이다.

그래서 나는 그때 6.25 전쟁 때문에 나에게 임한 일을 엄청나게 원망도 했지만, 지나고 생각해 보니 하나님이 나를 사랑하셔서 더 낳은 길로 인도하셨음을 감사, 또 감사하며 살고 있다.

4. 내게도 봄날은 온다

어느덧 식구가 늘어 내게 둘째 딸 미경이도 탄생했다.

국가적으로 양잠 사업을 장려하던 때 큰집 사촌 형님댁에 양잠 농가에 지원하는 송아지 한 마리가 나왔다.

그 송아지를 다 키운 다음 새끼를 낳으면 그것으로 갚으면 되는 아주 좋은 조건이었다.

그러나 큰집에는 이미 큰 소가 있으므로 송아지가 필요 없었다. 그때는 소가 그 집에 큰 재산이요, 농사를 짓는데 없어서는 안 되는 귀하디귀한 재산이었다.

나는 사촌 형님께 그 송아지를 내가 기르면 안 되겠냐고 물어봤는데 흔쾌히 그러라는 대답을 들었다.

그토록 원하고 부러워하던 송아지가 우리 집에도 생겼다. 열심히 풀을 베어다 먹이고 정성을 다 쏟았다.

무럭무럭 송아지는 잘 자랐고 반들반들 살이 찐 송아지가 거의 다 자라서 드디어 새끼를 배게 되었다.

나는 이때 인도네시아 보루네오 섬의 벌목현장에 갈 수 있다는 한 사기꾼에 말에 속아 서울에 올라가서 두어 달을 보내며 가지고 있던 돈을 모두 날렸다.

그때 집에서 연락이 왔다. 아버님이 소를 팔았으니 빨리 오라는 전갈이었다. 기절초풍하여 부지런히 내려왔다.

아내의 말에 의하면 해 질 무렵이면 풀밭에 내다 매 놓은 소를 아버님이 끌어 오시곤 하셨는데 이날은 해가 져도 소를 데려오지 않으시더라는 거다. "아버님, 소 끌어 오시지, 해가 다 갔는데 왜 소를 끌어 오시지 않으세요?" 하고 여쭈었더니 "에헴, 에헴" 하고 헛기침만 하시더란다. 그리고 잠시 후에 "얘도 서울 가서 언제 올지 모르고 해서 소를 팔았다."라고 말씀하셨다는 거다.

깜짝 놀란 아내는 사촌 형님께 이 사실을 알렸더니 사촌 형님이 오셔서 소 판 돈을 몰수해 갔다.

사촌 형님은 너무 화가 나서 충주 큰 형님댁에 연락해서 이렇게 말썽만 저지르는 노인네를 막내아들한테 맡겨놓고 못 본체하면 되느냐며 당장 아버지를 모셔가라고 소리를 질러 댔단다.

결국 서울에서 내려오니 아버님은 충주 큰 형님댁에서 모셔가고 안 계셨다. 지금까지 80이 넘은 노인을 모시기 때문에 어쩔 수 없었으나 이제 나에게도 기회는 왔다.

아버지가 안 계시니 도시에 나가서 내 사업으로 평소 갈고닦은 솜씨로 광고업을 해야 하겠다고 결정을 했다.

그러나 돈이 문제였다. 청주에 나가서 여기저기 점포를 알아보고 우암동 우암교회 앞에 있는 점포 한 칸에 방 하나짜리를 전세 20만원에 계약했다. 남의 빚은 다 갚아서 없었지만 동학전쟁을 치르고 급하게 지었다는 시골 오두막 토담집을 쌀 3가마니를 받고 팔고, 밭 한때기도 팔고, 그럭저럭 모은 돈이 간신이 20만 원이 되었다.

그때 20만 원이면 지금 2천만 원은 족히 넘는 돈이었다.

1970년 12월 30일 아침에 일어나 보니 흰 눈이 수북하게 쌓였다. 동네 어른들이 이사하는 날 눈이 쌓이면 부자 된다는 말이 있다며 덕담을 해주었다.

나는 어렵고 어렵게 청주로 이사를 했다. 페인트 몇 통과 아크릴 몇 장 등 기초적인 재료와 도구가 있어야 개업 준비를 하는데 재료를 구입할 돈이 없었다.

생각 끝에 비중리 교회 아래 약종상을 하는 집안 조카뻘 되는 분께 찾아가서 사정 이야기를 하고 돈을 빌려 달라고 부탁했다.

본인은 누구에게 쉽게 돈을 빌려주는 사람이 아닌데, 아저씨를 그동안 보니 열심히 사는 것 같고 약속을 지킬 것 같다며 흔쾌히 삼만 오천 원을 빌려주었다.

드디어 모든 준비를 마치고 1971년 1월 5일 개업을 했다. 상호는 럭키미술사, 종목은 차트, 현황판, 간판, 초상화를 한다며 누구에게 배운 것도 없이 용감하게 개업을 했다.

이때 청주교회의 표철수집사(지금은 미국에서 장로)에게 아크릴 접는 법, 붙이는 법, 등을 전수받고 많은 도움을 받았다.

밤낮 구분하지 않고 열심히 일했다. 도청에서도 일감을 주었다. 개업 후 한 달이 되어 계산해보니 수입이 6만 원이나 되었다.

도청에서 한 달치 받은 봉급이 1만 3천원 이었는데 참으로 기뻤다. 내게 복을 주셔서 일감을 주신 하나님께 영광을 돌렸다.

빌려온 돈은 즉시 이자와 같이 감사 인사와 함께 갚았다.

3월 초 아버지가 가장 사랑하는 손녀딸 입학시키는 것을 본다며 오셨다.

우리 집은 단칸방이라 둘째 형님댁에서 주무시고 식사는 우리 집에 오셔서 하셨다.

개업식 때 형님들

아침 식사를 하시면서 자존심을 다 버리시고 하신 말씀이 지금도 내 마음에 남아있다.

"얘야, 나 너하고 같이 살고 싶다." 같이 살던 며느리가 아닌 큰 며느리하고 살아보니 모든 것이 불편하고 어려웠던 것이다.

"아버지, 몇 달만 참으세요, 옆에 방이 곧 비는데 제가 두세 달만 벌면 얻을 수 있을 것 같아요." 하고 말씀드렸다.

같이 살 때는 원망스러운 아버지였으나 이제 81세가 되신 힘 빠진 노인을 보니 측은하기 짝이 없었다.

아버지는 나와 그렇게 약속을 하고 충주로 가셨다.

술을 좋아하시지만 실수하는 일은 거의 없는 아버님인데 늘 머리맡에는 소주병이 있어야 할 정도로 술을 즐기셨다.

어느 날 잠이 안 온다고 수면제를 머리맡에 있는 소주를 물 삼아 드시었다. 언제나 약을 과용하는 습관이 있던 분이 수면제를 네 알을 드셨다.

결국 일어나지 못하시고 20여 일을 고생하시다 81세를 일기로 눈을 감으셨다. 아버지에 대한 좋은 기억은 별로 없지만, 나는 지금도 "얘야 나 너하고 살고 싶다."라고 하신 말씀이 마음을 아프게 한다.

개업 10년 후 직원들과

5. 나이 어린 청년 장로

아버지가 작고하시던 해 여름 셋째 딸 미선이가 탄생했다.

사업은 그런대로 잘되었다. 거의 관공서 일을 하고 연말연시에는 차트를 많이 썼다. 크리스마스 카드와 연하장도 그려서 팔았다.

사업이 아무리 바빠도, 어떤 일이 있어도, 다 뒤로하고 교회 사업에는 적극적으로 참여하며 열심히 신앙했다.

청주교회에 오자 바로 집사직임을 받고 교회 청년회장을 맡아 청년 사업을 하며 청년들로 구성된 전도단의 강사로도 활동하였다.

청주교회에 1년도 채 안 되게 시무하다 미국으로 가신 허형만 목사님에게서 청년선교회가 하는 사업과 방법에 대하여 잘 배웠다.

그분은 얼마 전에 대회 청소년부장을 역임한 경험을 우리 청년들에게 잘 전수해 주심으로 청년선교회가 많은 발전을 하였고 성장하는 계기가 되었다.

아울러 내가 경영하는 사업에도 계속 관심을 기울여 주고 도와주고자 애를 쓴 모습이 지금까지도 생생하며 고맙고 감사하게 생각한다. 멀리 떨어진 전의에 가서도, 진천 문백에서도, 석실리에서도 전도회를 열었다.

차가 매일 닿지 않는 곳이라 뒷수습을 하고 돌아오는 버스가 없어서 수십 리 어두운 밤길을 하염없이 걷고 또 걷던 생각이 지금도 생생하다. 그때 열정적으로 청년 사업을 수행한 것이 장래의 나에게 얼마나 큰 도움이 되었는지 감사한다.

1975년 12월 24일 33세의 젊은 나이에 장로 안수를 받고 장로 직임을 시작했다. 정말 나이 어린 청년 장로였다. 그러나 그때도 교회를 사랑하는 불타는 열정은 대단했다. 청주 우리 교회에서도 평신도 전도회 강사로 열강을 했다.

불타는 열정으로 전도 강의 모습

어찌 내 교회뿐이랴, 이웃 조치원, 증평, 진천 등 지구를 돌보고 목회자 없는 교회를 방문하여 돕는 일을 체계적으로 순번을 정하여 청년, 집사, 장로들이 방문하게 하였다.

청년의 소리 전도회, 청년들을 위한 기능장 만들기 운동 등 모든 분야에서 일하며 많은 것을 배웠다.

평신도 전도단 강사로 활동하며 '충북 평신도협회장'을 맡아 일하고, 교회 청년들의 단합을 위하여 청년들로 구성된 조기축구회를 조직하여 새벽마다 청주공고운동장에서 거의 20여 명씩 모여서 축구를 하며 단합의 의지를 불태웠다.

또한 대전에서 열리는 충청지역 축구대회에 참석하여 쟁쟁한 많은 팀들을 이기고 우승하는 영광을 차지하기도 했다.

그때 결승에서 막상막하의 경쟁을 벌인 팀은 강경교회였는데 그 교회 목사가 강경지역 새마을 조기축구팀을 급히 참석을 시켰다고 한다.

그들에 비하면 우리는 오합지졸이었지만 새벽마다 모여서 갈고 닦은 실력이 강경새마을 조기 축구팀을 이기게 된 것이었다.

충남·북 축구대회에서 우승하고

새벽마다 모이는 조기 축구에 나오지 않는 사람 집에는 밥을 먹으러 가기로 결정을 했다.

결석하는 집에 콩나물 500원어치 사 들고 끓여 달라며 20여 명이 쳐들어 갔다. 그러니 나오지 않을 수가 없었다.

정말로 극성스럽게 모임을 이끌고 가니 무엇이나 안 되는 일이 없었다. 여름마다 모이는 충북 청년 야영회를 주관하기도 하며 많은 경험을 쌓았다.

무엇을 해도 뒤지지 않는 성취감을 맛보았고 함께 하면 된다는 자신감을 얻는 중요한 경험을 했다. 훗날 생각해보니 이런 모든 사업이 성공한 것은 하나님의 인도하심과 열정을 다하고 최선을 다한 결과임을 깨닫게 됐다.

충북 평신도협회장 인사

6. 좋은 습관을 실천하자.

　나는 굳건한 각오를 했다. 열심히 그림도 그리고 최선을 다하면서 아버지의 잘못된 습관을 절대 물려받지 않겠다고 다짐했다.

　이 생각은 더 어렸을 때도 했던 생각이다.

　나는 어떠한 일이 있어도 아버지의 이러한 도박중독을 물려받지 않겠다. 절대, 절대로 화투장을 만지지 않겠다고 굳게 다짐했고 그것을 실천에 옮겼다.

　나는 지금까지 단, 한 번도 화투 노름을 하지 않았고, 술과 담배도 절대로 가까이하지 않고 다짐한 것을 실천에 옮기고 있다.

　고스톱을 칠 줄 모르면 대한민국 사람이 아니라고 할 정도로 남녀노소 누구나 고스톱을 친다.

　경로당에도 모이면 치매 예방에 좋다면서 화투장을 만지며 즐기고 있다. 물론 신경을 쓰니까 치매 예방에 다소의 효과가 있다고 나는 말 하고 있다.

　그러나 두세 시간 양반다리 하고 앉아 있다가 일어날 때는 '아이쿠, 이놈의 다리야, 다리가 펴지질 않네.'라며 하나같이 다리를 아파한다. 세계에서 우리나라 노인들이 다리관절염이 가장 높은 것은 양반다리를 하고 앉는 옛날부터 내려온 가부좌跏趺坐 다리의 전통이 문제라고 한다.

화투놀이는 그 사람의 성격을 판가름하는 지름길이라고도 한다. 끝날 때는 기분이 별로 좋지 않게 끝나게 되는 경우가 대부분이다. 경로당이나 어느 장소에 모이면 화투놀이 보다는 건전하고 건강에 좋은 놀이를 활용하도록 하는 것이 바람직 한 일이다. 그리고 이 화투놀이는 왜정 때 독립운동이 끊이질 않고 일어나니까 이 놀이에 빠져 독립운동(데모)을 하지 않도록 일본에서 고안해낸 놀이라는 설도 있다. 그러므로 화투놀이는 일본의 책략에 속아 넘어간 것이고 다리 건강에도 결코 좋지 않은것이다.

나는 아내에게 젊어서 고생은 사서도 한다는 말이 있지 않느냐는 말을 자주 했다. 그러면서 내가 어렸을 때 어머니가 말씀하시기를 '너는 커서 잘 살고 잘 될 것이다.' 라고 축복하신 말씀대로 우리도 잘살게 될 거라고 희망적으로 말했다.

고생하다 보면 우리에게 반드시 좋은 날이 있을 것이라고 했다. 너무 힘이 들어 아내가 울 때면 젊은 시절 역경과 고난과 싸우면서 길러진 굳센 정신은 나중에 그 무엇과도 바꿀 수 없는 귀중한 자산이 될 것이라고 말하며 아내를 달랬다.

어느 학자가 방파제 주위에 있는 물고기들의 생태를 연구한 것을 기록해본다. 방파제 안에서 사는 물고기들은 조용하고 양순했다. 이 물고기들을 방파제 밖 거센 물결이 요동치는 곳으로 옮겨 놓았다.

그랬더니 출렁이는 파도에 떠밀려 제대로 힘도 못쓰고 떠밀려 다니고 작은 물고기들에게도 쫓겨 다니고 있었다.

이번에는 반대로 거센 파도에 시달리던 밖에 있는 물고기를 잡아 방파제

안에다 넣었다. 그랬더니 이놈들은 어찌나 빨리 다니며 공격적인지 기존의 물고기들 위에 군림하고 있었다.

방파제 밖의 물고기뿐 아니라 해초들도 더욱 빛깔이 좋고 생존력과 번식력이 모두 좋았다고 한다.

바로 인생도 어려운 고난 속에서 경쟁하고 실패하고 쓰디쓴 경험을 한 사람들이 어떠한 어려운 환경에서도 그 고난을 이기고 성공하여 행복을 누리게 되는 것이다.

"습관을 바꾸면 건강이 보이고 생각을 바꾸면 행복이 보인다."라는 표어가 바로 그 답이 될 것이다.

잘못된 습관을 바꾸자, 그리고 생각을 바꾸자, 행복은 엄청난 돈이나 명예에 있지 않다. 행복은 내게 있는 것으로 만족하고 모자라 다고 불평하지 않는 것이 행복이라고 한다.

아주 적은 부분에서 한 가지만 내려놓고 욕심을 버리고 자신을 조금만 비우면 행복한 자신을 볼 수 있게 된다.

7. 열정 하나로 절망에서 행복으로

　나는 평생을 살면서 열정적으로 살았고, 앞으로도 그 열정을 유지 시켜 줄 수 있는 유일한 방법이 희망을 갖는 것이라고 생각한다.　그동안 살아오면서 가지고 있던 희망이 실망으로 깨졌던 적도 꽤 있었지만, 포기하지 않고 실패를 거울삼아 다시 노력을 기울여 항상 새로운 희망을 만들어 왔다.

　희망을 잃으면 삶의 모든 것을 잃는다고 생각한다. 희망을 잃어버린 사람은 마음속에 슬픔과 절망만 가지고 있으므로 불치의 병에 걸렸지만, 희망을 가진 사람은 건강하게 살 수 있다.

　이렇게 희망을 버린 사람들은 의식적으로 마음속에 있는 희망의 등불을 꺼 버린 사람들이다.

　나는 어떤 역경이 와도 마음의 평정을 잃지 않고 오히려 그 역경을 치유할 수 있는 방법이 희망의 등불이라는 확신을 가지고 있다. 희망을 갖기 위해서는 삶의 흥미를 느끼도록 노력해야 한다.

　삶의 흥미가 없이 그냥 무덤덤하게 사는 사람들은 10에 9는 희망이라는 단어마저도 낯설어한다.

　하지만 난 미래의 행복한 삶을 위해 끊임없이 흥미로운 일을 찾고 있고,

이것을 구체화하여 희망을 만들고 있다.

이런 희망은 앉아서 기다린다고 만들어지는 것이 아니라 행동으로 움직여야지만 만들어질 수 있다.

가만히 앉아서 꿈만 꾸면 공상밖에는 안 되지만, 행동으로 움직이며 꿈을 만들어나가면 그것은 희망이 되는 것이다.

TV에서 암을 운동으로 극복한 사람의 이야기를 들었다. 그 사람이 암을 극복하겠다는 희망을 가지고 열심히 운동을 했기 때문에 완치가 되었지 그냥 병원에서 '난 분명 나을 거야' 하며 아무것도 안 하고 누워 있었다면 절대 완치가 되지 않았을 것이다.

전교에서 1등을 하려는 희망을 만들려면 공부를 열심히 해야 하고, 마라톤에서 1등을 하려는 희망을 가지려면 매일매일 운동을 해야 할 것이다.

이렇게 열심히 행동으로 옮기는 사람들은 본인들의 희망을 반드시 이루어낸다. 그리고 희망을 보다 확실하게 이루기 위해서는 지금 자신이 만들어 놓은 희망을 마음속으로 강하게 염원하고 난 할 수 있다는 확신을 해야 한다.

나는 앞으로 얼마나 더 생을 즐길 수 있을지 모르지만 살아있는 동안에는 단 한 순간도 희망이라는 말을 잊지 않고 살아갈 것이다. 세르반테스의 말 가운데 '생명이 있는 한 희망은 있다.' 라는 구절을 항상 마음에 담고 살고 있다. 이 말은 지금까지, 아니 앞으로 계속 나의 역경과 불행을 극복시켜 줄 것이다.

이런 예화들도 있다. 어느 봄날, 한 사람이 자살하기 위하여 유명한 자살 바위로 갔다. '한 많은 세상 더 살아서 무엇 하랴.' 하면서 바위로 올라갔다.

그런데 팻말이 하나 있었다. '다시 한 번 생각 해 보십시오!' 라고 쓰여 있는 거다. 그것을 읽는 순간 마음에 변화가 생겼다.

‘그래 개똥밭에 굴러도 이승이 좋다지 않던가.’ 그는 생각을 바꾸고 집으로 돌아와 열심히 살아 큰 성공을 이루었다는 이야기다.

또 어떤 이는 그곳에서 뛰어내리려 하다가 ‘그래 개똥밭에 굴러도 이승이 좋다는데 죽을 마음으로 산다면 못살 일이 없지.’ 그러고는 마음을 바꾸고 내려왔단다.

내려오다 보니 역시 팻말에 ‘다시 한 번 생각해 보십시오.’라는 문구가 보였다. 그 문구를 보는 순간 ‘그래 살아봐야 별수 있나, 생각을 바꾸자’ 생각하며 방향을 바꾸어 풍덩하고 물에 뛰어들었다.

두 사람은 같은 팻말을 보고 긍정적 생각을 한 사람은 생명을 택하고, 부정적 생각을 한 사람은 죽음을 가져온 것이다.

생명이 있는 한, 봄기운을 받아 터 오르는 새싹처럼
희망과 열정을 가지고 최선을 다 하자.

8. 소유가 인생의 목적이 아니다.

　나는 소유가 인생의 목적이 될 수 없다고 말한다. 그렇다고 무소유가 인생의 목적이 될 수도 없는 일이다.

　나는 나이가 들어가고 신앙생활을 제대로 하기 시작하면서 돈을 벌고 나 혼자 잘 살고 잘 먹기 위한 개념에서 조금씩 변화되기 시작했다. 열심히 일하여 얻은 대가로 경제적 이익이 생긴다면 감사한 일이지만, 짧은 인생 살면서 돈과 부富가 삶의 목적이 되어서는 안 된다는 사실을 깨닫게 되었다.

　법정스님은 무소유의 가치가 얼마나 소중한 것인지를 잘 설명해 주었다. 그분 말씀을 깊이 생각하면 무소유의 가치가 곧 행복의 길이라는 것을 깨닫고 또한 공감하게 한다.

　우리 선조들 중에는 청빈하게 살아온 위대한 인물들이 많다.

　그들은 하나같이 청빈을 미덕으로 여겼고 고귀한 경제적 가치를 위해 필요한 어느 정도의 물질이 생기면 그것으로 만족하며 살았다. 그중 조선시대의 황희정승과 백사白沙이항복 이야기를 좀 하고 싶다.

하나가 필요할 때는 하나만 가져야지
둘을 갖게 되면 애초의 그 하나마저 잃게 된다.
인간의 목표는 풍부하게 소유하는 것이 아니고
풍성하게 존재하는 것이다.
소유와 소비 지향적인 삶의 방식에서
존재 지향적인 생활 태도로 바뀌어야 한다.
-법정스님의(살아있는 것은 다 행복 하라.) 中

황희정승은 청백리淸白吏의 대명사로 지금까지 회자되고 있다. 한번은 세종이 평상복 차림으로 그의 집을 불시에 방문했다. 그런데 일국의 정승이 멍석을 깔고 있었고, 먹던 밥상은 누런 보리밥과 된장, 고추밖에 없었다고 한다.

청빈한 그의 삶에 임금이 감탄을 했다는 이 일화는 잘 알려져 있다. 관료 집단 부정부패를 견제하는 교육에도 적용되고 있다.

백사白沙이항복은 조선 중기 문신이다. 그는 선조 13년(1580)문과에 급제하여 호조 참의 도승지 등 벼슬을 거쳐 병조판서와 영의정을 역임하였다.

심한 당쟁 속에서도 조정을 위해 힘쓰며, '청백리淸白吏'에 추대됐다. '내가 죽은 후 조복朝服을 입히지 말고 평상복 심의深衣를 써서 염하라.' 하고 유언을 했다. 백사白沙라는 호처럼 깨끗한 모래 한 알로 살고 간 그는 선비정신을 구현한 인간 승리의 표상이다. 공신功臣의 자리에 오르고 영의정까지 지낸 사람이 청백리에 선정된 사실자체가 그의 극기를 대변해 준다.

그는 해학과 웃음으로 한평생을 살았단다. 그러면서 조선왕조 최대 위기 상황이던 임진왜란을 슬기롭게 대응하고 국난을 극복하는데 크게 기여

하였다.

명문천하 위인, 이들의 공통점은 사사로운 개인의 이익을 뒤로하고 오로지 나라와 백성만을 위해 충성하였다는 거다.

하여 수백 년이 지난 오늘날에도 후손들에게 존경을 받고 있는 이른바 청백리들이다. 모름지기 선비는 몸에 재능을 지니고 나라를 위해 쓰이기를 기다려야 한다고 했다.

사람은 태어날 때 누구나 빈손으로 온다. 그리고 세상을 떠날 때도 가진 것 없이 빈손으로 간다.

나는 수년 동안 많은 죽은 사람의 시신을 염습했다. 봉사의 일념으로 배우고 노력하다 보니 그 방면에 꽤 능숙하게 됐다. 하여 청주에서, 홍성에서, 대전에서, 조그만 책자를 만들어 교육도 했다. 우리 교회 성도들, 주변교회 성도들, 우리 집안 가족들, 처가댁 식구들, 120명 이상이 내 손을 통해 염습을 거쳐 세상을 떠났다. 더러 신앙하지 않는 가족들은 저승 가는 노자 돈을 준다고 동전을 깨뜨려서 입에 넣어주고 양식이라며 쌀을 입에 넣어주기도 한다. 그러나 나는 이런 경우 분명하게 반대를 했다.

마치 시신을 가지고 장난치듯 하는 모습이 보기 싫었고, 내가 가지고 있는 신앙과도 대치되기 때문이었다. 또한 우리는 빈손으로 왔다가 빈손으로 간다는 엄연한 진리를 깨닫게 해주고 싶었다.

파주에 있는 황희정승 유적지

9. 내 건물을 짓다

　내덕동 청주농고 옆 큰길가에 건물을 건축하기로 하고 2002년 봄 설계
를 의뢰했다. 이곳은 여러 해 전에 매입하여 광고물을 제작하던 공장 터다.
지상 3층, 층당 40평씩 총 120평을 철근콘크리트로 설계를 마쳤고 시공은
직영으로 하기로 하였다.

　건축이라곤 교회를 건축할 때 건축위원장 책임을 맡아 300평 건물을 지
은 경험이 있는 것 말고는 전혀 없었다.

　그럼에도 나는 무조건 직영건축을 하려고 시작했다.

　마침 건축공사 사업을 하는 집안사람 나기학이 도와준다고 하여 믿고 건
축을 시작했다.

　설계는 우리 교회의 집사인 연동익 건축사가 잘 도와주어 든든하고 쓸모
있는 건축물에 중점을 두고 설계하느라 수고를 많이 했다. 우리 집터가 상
업지역이라 터는 얼마 안 되지만 넓은 집을 지을 수 있었다.

　내가 살 집이므로 애착을 가지고 시작했다. 기초부터 튼튼하게 건축할
것을 마음먹고 재료를 예상보다 많이 투입하고 또 층별 높이도 더 높게 지

었다.

계단은 다리가 불편한 아내가 올라가기 어려워 되도록 낮게 하여 12cm로 했다. 그런데 다 해놓고 한 번 올라가 보더니 그마저도 너무 힘들다고 했다.

하여 건물이 다 된 후에 후면에 1인승 엘리베이터를 추가로 공사를 하였다. 옥상 공사도 중간 정도는 두께가 30cm가 될 정도로 두툼하게 시멘트를 부어 견고하고 보온이 잘되도록 하였다.

벽체는 전체가 시멘 콘크리트로 부어 올렸고 외관은 연한 적 벽돌로 마무리하고 코너에는 둥근 유리로 창을 만들므로 외관에도 신경을 썼다.

3층에는 내가 살 집이므로 아파트의 구조 비슷하게 꾸미고 2층은 사무실로 임대하기로 하고 1층은 점포로 사용하기로 하였다. 얼마 전에 옥상에 가정용 태양광을 설치했는데 전기가 상당히 절약되고 있으며 여름에는 마음 놓고 에어컨을 가동해도 전기요금이 거의 없다. 드디어 2002년 10월 건축물이 완공되어 준공하고 내 건물에서 개업식도 거행했다.

2002년 완공되어 개업한 내 건물

IV.

좌절을 열정으로

1. IMF의 어려움을 이겨내다

1997년 11월 21일 우리나라가 외환위기로 말미암아 IMF에 구제신청을 하는 어이없는 일이 벌어지고 말았다. 온 국민은 초긴장 상태에 돌입했고 이 위기를 돌파하기 위해 다 각도로 노력을 기울였다.

그러나 사실 우리나라의 외환위기는 그 이전 30여 년간 급하게 성장해 온 경제 발전 과정에서 쌓인 문제점이 폭발하면서 일어난 것이었다. 기업들의 국제 경쟁력 약화, 수출 감소, 기술 개발 소홀, 경제 문제가 얼마나 심각한지 제대로 알지 못한 정부, 국민들의 과소비 등 여러 곳에서 그 이유를 찾아볼 수 있다.

당시 한국은행에 있던 외환은 거의 다 떨어져 나라의 경제가 파산하게 되었고, 수많은 기업과 금융 기관이 제 기능을 못하고 문을 닫았으며, 직장을 잃은 실업자가 쏟아져 나와 가정 경제는 큰 어려움에 빠졌다.

우리 같은 소규모 업체라고 별수 있겠는가. 모든 관공서와 기업들과 국민들이 초긴축사태에 돌입하면서 딱, 소리가 날 정도로 하루아침에 일감이 끊어졌다. 큰일이다.

　나 개인의 가정생활도 문제지만 직원들을 감원해야 하는데 그들과 가족들은 어떻게 살아야 하는가. 앞이 캄캄했다. 현명한 국민들은 정부와 함께 위기를 이겨내려고 많은 노력을 했고, 금 모으기 운동과 아나바다 운동(아껴 쓰고, 나눠 쓰고, 바꿔 쓰고, 다시 쓰기를 실천하는 운동)을 펼쳤다. 우리 집도 아내와 더불어 상의하고 아이들 돌 반지나 기타 잡다한 금붙이를 모두 내놓았다.

　기업들은 불필요한 부분의 경비를 줄였으며, 해외에 새로운 시장을 개척했고. 또 노동자와 기업가가 서로 양보하고 협동하여 기업을 발전시켰다.

　정부는 일자리를 만들고, 나라의 경쟁력을 높이기 위해 여러 제도를 정비했다. 우리도 이 난관을 극복하기 위하여 직원회의를 열어 어려운 문제를 논의했다. 내 일을 잘 도와주고 있는 이인우 부장이 제안을 했다. "지금 누구를 감원하면 그 사람의 가정이 문제가 됩니다. 이 위기를 극복할 동안 지금 광고잡지에 나온 간판청소차를 구입하여 간판 청소와 수리를 한다면 어려운 위기를 극복할 수 있지 않을까 생각합니다.

　어려운 일이지만 저희가 최선을 다할 테니 사장님은 자금을 투입하고 직원들은 봉급을 좀 줄이고 서로 협조하고 노력한다면 되지 않을까 생각합니다."라는 제안을 했다.

　청소를 하려면 소형크레인이 달려있는 차가 필요하여 구입하고 나머지는 큰 자금이 들지 않아서 그 제안대로 결정했다. 워시맨이라는 업체와 대리점 계약을 체결하고 업무에 들어갔다. 참으로 어려운 작업이었고 또 돈도 되지 않는 일이었다.

　그래도 건물 청소, 간판수리, 형광등교체 등 전 직원이 하나같이 열심히 하며 1년 정도를 잘 버티었다. 1년이 지나자 차츰 기업과 관공서가 기지개를 펴고 일감이 수주되기 시작하였다.

어렵고 돈도 되지 못하는 청소 일을 접고 본업에 충실하게 되므로 IMF의 그 어려운 상황을 직원들과 상호협력을 통해 잘 극복하게 되었다.

어둠이 짙게 깔린 어느 추운 겨울, 허름한 한 걸인이 런던의 자그마한 악기점에 들어왔다.

"제가 너무 배가 고파서 그러는데 이 바이올린을 좀 사주시기 부탁드립니다."

그 걸인의 손에는 낡은 바이올린이 하나 들려있었다. 악기점 주인은 그 악기를 사고 싶은 마음이 없었으나 걸인이 너무 불쌍해서 그에게 5달러를 주고 바이올린을 샀다. 걸인은 고맙다는 인사를 몇 번 하고는 돌아갔다. 걸인이 돌아가자 악기 점 주인은 바이올린을 한 번 튕겨보고는 깜짝 놀랐다. 그 바이올린의 소리는 다른 바이올린에 비해 너무나 훌륭한 소리를 냈다.

불을 밝히고 내부를 자세히 들여다보니, 그곳에 위대한 악기제작자인 '안토니오 스트라디바리우스 1704'라고 쓰여진 라벨이 있는 것이 아닌가. 다시 소스라치게 놀라지 않을 수 없었다.

이 악기야말로 100여 년 동안 행방을 찾을 수 없었던 그 유명한 스트라디바리우스라는 것을 알게 되었다.

5달러에 구입한 이 바이올린은 여러 사람을 거치면서 10만 달러짜리 바이올린이 되었다. 가난한 걸인은 몇 해 동안 이 값비싼 바이올린을 소유하고 있으면서도 진정한 가치를 알지 못하여 가난하게 살수 밖에 없었던것이다.

안토니오 스트라디바리(1644~1737)는 모든 바이올린 제작가들 가운데 가장 위대하고 가장 많은 양의 바이올린을 만든 인물 중의 한 사람이다. 그는 일생을 통해 약 1200개의 악기를 만들었으며 이탈리아의 크레모나에서 보냈는데 그곳에서 약 1680년까지 니콜로 아마티를 도우며 일했다.

만약에 이 걸인이 바이올린의 진정한 가치를 알았더라면 가난하고 굶주리며 살 필요가 없었을 것이다. 자신이 얼마나 귀중한 것을 지니고 있는지 몰랐으므로 평생을 가난과 굶주림 속에서 구걸하며 살았던 것이다.

이처럼 우리 주위에도 스트라디바리우스 바이올린처럼 귀중하고 놀라운 가치가 있는 그 무엇을 깨닫지 못하고 방치하고 있지 않는지 다시 한번 생각해볼 필요가 있다.

우리에게는 누구나 내면에 잠재해 있는 그 무엇인가가 있다. 이런 것이 있는데 혹시 발견하지 못하고 방치하고 있지는 않는지, 내 속에 잠재해 있는 명품 바이올린을 찾아보자.

안토니오 스트라디바리우스 바이올린

3. 방역봉사단과 교회행정

　내가 앞장서서 청주시 방역봉사단을 2000년 5월, 교회에서 조직했다. 우리는 보건소나 기타 기관, 손이 미치지 않는 곳인 산동네에 소형 동력연막소독기를 짊어지고 봉사활동을 했다.

　봉사단 발대식에는 나기정 청주시장과 보건소장 등 관계자들이 참석하였다. 소형 분무기를 가지고 내부도 소독하므로 점점 방역의 범위가 넓어지게 되었다.

　명암동부터 내덕동에 이르기까지 산 아래 동네 집집마다 방역을 하고 연막 소독은 별 효과가 없다고 하여 연무 소독기로 바꾸어 매년 여름 약 3개월씩 5년을 실시하면서 큰 호응을 얻었다.

　어떤 사람은 나에게 시의원에 출마하기 위해서 하는 것 아니냐고 묻는 사람도 있기도 했다. 그때 나는 정색을 하면서 '아니 내가 시의원 생각이 나면 지역구인 내덕동이나 할 일이지 미쳤다고 대성동, 수동 산동네를 다니면서 땀을 흘리느냐' 며 면박을 주기도 했다.

　동사무소에서 농약을 공급받고 관과의 협조체계도 잘 이루어 나가며 힘들고 어려웠으나 최선을 다했다.

그러나 여름 무더위에 뜨겁게 달구어진 동력소독기와 약품이 10리터가 들었으니 얼마나 무거운가. 대부분 내가 짊어지고 하다 너무 힘들면 늘 나를 도와주던 김영만 집사가 대신해 주었다.

끝나고 나면 물에 들어갔다가 나온 사람처럼 온몸이 흠뻑 젖어있었다.

나도 나이가 들어 노인이라는 수식어가 붙기 시작하면서 점점 힘들어지자 지금은 산동네가 아닌 곳에서 방역 활동을 하고 있다.

산동네가 아닌 평지에서 손수레에 싣고 소독을 하므로 전보다 힘이 들지 않으므로 그렇게 추진을 하고 있다. 이것이 진정한 이웃사랑 운동이라 생각한다.

2000년 5월 나기정 시장과 방역봉사단 조직

1983년 4월 제칠일 안식일 예수재림교 충청남북도지역 본부인 중서합회 행정위원으로 선임되어 120여 개의 교회와 100여 명 정도의 목회자들을 위한 행정에 참여하고 1986년도에 중서합회 평신도협회 총무로 봉사하며 충청남·북도의 장로들과의 교류를 다지며 봉사활동과 아직까지 교회가 개척되지 못한 지역에 교회를 신설하는 등 선교활동에도 적극참여하게 되었다.

1992년에는 한국교회 본부인 한국연합회 행정위원 직에 선임되어 전국 8백여 개의 교회와 1천여 명의 목회자, 3개의 대학교, 20개의 초·중·고 등학교의 행정에 참여하면서 많은 행정과 절차를 배우게 되었다.

재선임 되는 경우가 거의 없는데 2001년도에는 충청합회 행정위원으로 재선임 되어 3년 동안 임무를 수행하였다.

한국연합회 평신도 행정위원

4. 필리핀 선교

필리핀으로 친목회 회원들과 우리 교회 성도들 35명이 여행을 떠났다. 정해석 장로가 운영하는 요양원을 통해 저렴한 여행을 하게 되었다.

팍상한 폭포와 명승지 몇 곳을 관광하고 배를 타고 민도르섬에 있는 화이트비치에 가서 산호섬을 갔는데 깜박 구명조끼를 가지고 가지 않았다.

할 수 없이 서로서로 손을 잡고 물속의 산호초와 물고기를 감상하다가 몇 사람이 넘어지자 많은 사람이 같이 물에 빠졌다.

수영할 줄 아는 사람이 별로 없었다. 넘어지면서 산호에 찔려 다친 사람도 있었고 아찔한 순간 내가 구해 나온 사람이 아마 열 명도 넘을 듯했다.

화이트비치 근방에 원주민 촌이 있다는 소식을 듣고 약간의 구호물품을 준비하여 그들을 찾아보게 되었다.

지프니를 타고 약 30분 정도 달리자 계곡이 나타나고 계곡 안으로 들어가자 여기저기 꼭 옛날 닭장 같은 집들이 보였고 사람들이 모여들었다.

그들에게 구호품을 전하고 그들의 생활상을 보면서 우리는 얼마나 복 받은 사람들인가, 생각하는 좋은 기회가 되었다.

'96 필리핀 원주민 촌 방문

　이런 곳에 구호를 하고 아울러 선교도 한다면 얼마나 좋을까. 생각하고 기회를 만들어 보자고 다짐을 했다.

　필리핀은 90% 이상이 카톨릭 신자들로 구성된 나라다.

　5.16 혁명이 일어나기 전에는 우리나라보다 국민소득이 훨씬 높은 나라였고 6. 25 전쟁 때는 우리를 도와준 16개 참전국 중 하나 다.

　그러나 마르코스의 독재와 착취 그리고 각종 자연재해 등이 나라를 어렵게 만드는 악조건이 되었다.

　필리핀을 방문하면서 깔람바 지역에서 요양원을 경영하고 있는 정해석 장로를 만나게 되었다.

　필리핀의 선교 현실을 이야기 듣고 이곳을 선교지로 정하면 좋겠다는 생각을 했다.

　청주지구 평신도협회 회의에서 안건을 내놓고 이 사업을 청주지구에서 맡기로 결정하고 오리엔탈 민도르지역에 있는 힘파파라이 교회를 건축하기로 하고 건축비 600만 원을 보내 정해석 장로에게 부탁하여 교회 건축을 시작하였다.

　보내준 자금은 재료비로 쓰고 인건비는 성도들이 봉사하므로 약 30평 정도의 아담한 교회를 완공하고 준공하였다.

우리가 볼 때는 너무 작고 보잘것없는 건물이지만 그 지역에서는 가장 잘
지은 건물이라고 했다. 2003년 2월 15일 교회 헌당식에 우리 지역에서 청
주중앙교회 김종명 목사를 비롯하여 6명이 참석하여 그들에게 용기와 희
망을 선사하고 돌아왔다.

2003년 필리핀 힘파파라이교회 헌당식

성도 각 가정 당 벽시계를 한 개씩 30개를 가져가고 수건과 헌옷 등을 전
달하였다.

수건 한 장을 받고 거기다 벽시계까지 받아든 사람들은 평생에 이렇게
좋은 선물을 받아보기는 처음이라며 너무나 즐거워하는 모습을 보았다.

2005년 3월 15일에는 15명의 대원을 구성하여 전도회를 개최하였다. 전
도회 강사로는 내가 서게 되었고, 첫날 220명, 둘째 날 350명, 셋째 날 520
명이 모이는 결과와 함께, 매일매일 참석한 모든 이들에게 힘들게 가져간
선물을 나누어 주었다.

구충제를 500명분을 가져가 참석한 사람들에게 일일이 먹여주었다. 그
들이 언제 구충제를 먹었겠는가, 그냥 나누어주면 약을 팔아서 돈을 만든
다고 하여 한 사람씩 일일이 먹여주게 되었다.

이·미용 봉사, 수지침 봉사, 방역봉사, 의료봉사, 구호봉사 등 푸짐한 축제 행사가 열렸고, 마사지 봉사에는 안티푸라민을 바르고 주물러주자 너무 시원하다며 좋아했다.

구호물품은 30박스나 되는 물품을 가져가 충분히 전했다.

전도회 마치는 날에는 58명 침례식을, 그다음 안식일에는 12명이 침례를 받았고 금요일에 중소 한 마리를 25만 원에 사서 고기 한번 제대로 먹어보지도 못하는 그들에게 잔치를 베풀어 주었다.

우리 전도대원 15명은 그동안 기도하며 준비한 결과에 만족해하며 '하면 된다.'는 용기를 가지게 되었고, 화이트비치에 가서 산호도보고 약간의 관광을 겸한 보람 있는 계기가 되었다.

필리핀 힘파파라이 교회 전도회 침례자 58명

그 후로도 두 차례 전도회를 실시하였고, 구호품을 전했다. 지난번 2017년도에 가보니 이제 그들도 생활 수준이 많이 좋아졌음을 알 수 있었다.

옷을 입은 모습이 많이 세련돼 있고 꽤 많은 사람들이 휴대폰도 가지고 있었다. 그래서 다음에 기회가 있다면 헌옷 따위는 고생스럽게 챙기지 않아도 되겠다고 생각했다.

지난번 방문 때 원주민들이 사는 곳에 교회가 있는데 교회라기보다 원두막 같은 곳이라 너무 마음이 아팠다.

그래서 이번에는 그곳을 지원하려고 100만 원을 별도로 챙겨갔는데 우리가 도착하기 일주일 전에 그곳 민도르섬 원주민촌 부근에서 내전이 발생하여 경찰 7명이 사망하는 일이 생겼다고 해서 가지 못해 아쉬움이 컸다.

이곳은 정부 반군이 있어서 가끔은 내전이 일어나는 위험한 곳이기도 하다. 다음번 기회가 될 때 전하기로 하고. 이번에는 대원들이 대부분 70세가 넘은 노인들로 구성되었고, 해외봉사의 경험이 거의 없는 분들이라 많은 어려움도 있었으나 언제나 좋은 일에는 사탄이 방해를 하는 것이라는 믿음을 가지고 이겨나갔다.

살다 보면 인생의 의미마저 무시해 버리고 싶을 정도로 충격을 받을 때도 있다. 사람들 대부분이 자기를 발견하지 못하고 남의 죄는 쉽게 발견한다.

그러나 그 시선을 내게로 돌려 정확한 나를 바라본다면 남의 티끌보다 내 마음에 더 커다랗게 박혀있는 시커멓고 붉게 물든 자신의 흠을 숨길 수 없게 된다.

2015년 필리핀 전도회 후

5. 금연운동의 선두주자

국제절제협회 청주지부장을 2002년 9월부터 맡고 금연운동을 시작했다. 나이가 환갑이 다 되도록 밤낮을 가리지 않고 열심히 일만 하며 살아온 생애를 뒤돌아보았다.

앞으로 남은 생애는 보람 있는 일을 하면서 산다면 얼마나 좋을까 하는 생각이 들었다. 하여 서울위생병원에서 추진하는 금연교육 강사 과정을 수료하고 국제절제협회에 등록을 했다.

사단법인 국제절제협회는 세계 200여 개국에 있는 금연운동, 금주운동, 마약퇴치, 에이즈예방 등 국민보건향상을 위하여 열심히 일하는 무정부 민간단체인 NGO다.

강사 자격증을 가지고 청주시내 보건소와 충청북도교육청 등 관계기관을 방문하여 협조를 요청하였다.

얼마가 지나 11월이 되자 교육청으로부터 한 번 내방 해 달라는 전화가 왔다.

담당 장학사를 만났는데 12월 중에 25개 학교에 금연교육을 할 수 있느

나는 질문을 받고 용감하게 할 수 있다고 대답했다.

제천이나 영동 등 거리가 먼 곳은 그곳에 있는 강사에게 부탁을 하고 나는 청주, 진천, 괴산 등 가까운 곳 10개 학교를 방문하여 강의를 잘 마쳤다.

그때만 해도 별다른 장비가 없이 차트를 만들어 설명하는 강의가 고작이었다. 진천농고에서 강의를 하는데 담당 장학사인 이경복 선생님이 참석하여 강의를 들었다. 끝나고 나서 잘했다는 칭찬을 받고 "나도 이제 하면 되겠구나." 하는 자신감이 생기게 되었다. 교육청에서 인정받는 강사가 되었으니 협조가 잘되었다.

그때부터 각 학교에서 강의 요청이 쇄도하기 시작했다. 보건소와 건강관리협회의 전문 강사가 되었고, 청주시장으로부터 청주시 건강 교육 강사 위촉장을 받았다.

제주도에서 열리는 충북 금연담당 장학사들과 교사들 워크샵에도 강사로 초청받아 금연강의를 하기도 했다.

그런데 금연교육, 금주 교육이 재미있을 수가 없었다. 끔찍한 장면이나 보여주고 이건 하면 안 된다, 라고 강조하다 보니 지루하고 재미없는 강의가 될 수밖에 없었다.

어떻게 해야 장경동 목사처럼 재미있게 강의를 할 수 있는가? 생각하던 끝에 신문을 읽다 보니 어디서 웃음 치료를 한 사연이 수록되어 있었다.

그곳에 전화하고 수소문하여 웃음치료사 이요셉 선생을 만났다. 지인들과 함께 서울을 오르내리며 웃음 치료를 배우기 시작했다.

이것을 금연교육에 활용하다 보니 재미있는 강사가 되어 끝나고 교장 선생님과 차 한잔 할 때, "재미있는 모양입니다.

아이들 웃음소리가 여기까지 들려오네요." 하는 것이었다.

2007년부터는 매년 금연교육과 웃음 치료 등 270여 회의 많은 강의를 초청받아 진행하므로 어느새 인기 강사가 되어있었다.

　충청북도 도청으로부터 금연캠페인 부탁을 받고 회원들과 긴밀히 계획하였다.

　충북도청의 지원을 받아 각 학교에 공문을 보내 학생들에게 봉사활동 시간을 인정해 주기로 하고 기념품을 주므로 많은 학생이 참여하였다.

　시민, 학생, 회원들 1,000여 명이 중앙초등학교에 모여 행사를 하고 중앙공원까지 가두캠페인을 전개하므로 절제협회의 위상을 높이는 기회가 되었다.

　매년 충청북도청의 협조 아래 중앙공원, 상당공원 등을 중심으로 가두캠페인을 전개했다.

　또한 도교육청과 CJB 충북방송과 국제절제협회가 주관하는 금연축제에도 참가했다.

　충북실내체육관이 가득 찰 정도의 많은 학생이 모였다. 인기가수 들이 열창했고, 우리 절제협회는 금연상담과 금연 껌, 금연 패치 등을 나누어주며 뜻있는 행사를 진행하였다.

　국제절제협회 총회에 참석해보니 전국 600여명의 금연교육 강사가 있었다. 하지만, 우리처럼 활발하게 많은 교육을 하고 행사를 한 지부는 거의 없어 자부심을 느꼈다.

2008년 금연의 날 기념 가두캠페인 모습

6. 열정과 신뢰 중심의 사업경영

최고의 품질을 만들어 약속된 시간 내에 납품하자는 것이 나의 경영 신조였다. 거의 90% 이상이 관공서 일이었기 때문에 약속을 지키는 것을 생명처럼 생각하며 일했다.

만약 아침 9시에 청주시장이 장관에게 브리핑을 한다면, 그 차트는 아무리 늦어도 아침 7시까지는 납품을 해야 한 번 훑어볼 시간이 있기 때문이다.

만약에 늦어진다면 담당자는 엄청난 책망과 함께 직장에서 도태되는 어려움을 겪을 수도 있을 것이다. 미리 원고를 주어 좀 시간의 여유를 가지고 차트를 쓴다면 좋으련만 대개가 주무르고 수정하다 급하게 원고가 완성되므로 시간이 없었다.

어떤 때는 밤새워 차트를 써야 간신히 시간을 대는 경우도 많았다. 나 혼자 감당하기 어려울 때는 도청에 근무하는 차트사 들의 도움을 많이 받았다. 연말연시에는 그들이 나에게 가져가는 돈이 관청에서 받는 월급보다 더 많을 때도 있었다.

사업을 하려면 지연, 학연, 혈연이 뒷받침을 해주어야 하는데 지연도 시원찮고 학연은 더구나 없고 혈연은 우리 나씨 가문이 희성이다 보니 별로 없었다.

남들은 학연으로 이곳저곳 거래처가 늘어나는데 나는 오로지 정직, 실력, 믿음으로 사업을 하려니 어려움이 많았다.

그렇다고 담당자에게 뇌물을 먹이면서 사업을 따내는 비겁한 짓은 절대로 용납하지 않았고 청렴하게 사업을 했다고 자부한다.

가정일은 알뜰한 아내가 맡았고 나는 돈 버는 기계처럼 열심히 일했다.

아이들이 하나, 둘 늘어가면서 막내딸까지 다섯을 채웠다. 아내는 남들은 아들을 낳는데 왜 나라고 못 낳느냐며 딸 다섯을 채웠다.

그러나 맹세코 나는 딸만 많이 낳았다고 불평 한번 해 본 적이 없었다. 반대로 만약에 내가 아들이 다섯이었다면 큰일 날 뻔했다고 웃으며 말한다.

아무리 바빠도 퇴근 때는 아이들 먹을 간식을 거의 빼먹지 않고 챙겨갔다.

아이들을 위해 무엇인가 해 주고 싶었으나 너무 바쁘게 살다 보니 생각뿐이었고 일 년에 한두 번은 아이들과 캠핑을 가서 천막치고 물장난하며 놀다 오는 일도 꼭 챙겼다.

우리 집은 딸 다섯인 집이라 행복했다. 늘 웃음소리가 끊이지 않으므로

"저 집은 무슨 좋은 일이 있어 만날 웃음소리가 나느냐?"며 남들이 부러워했다.

지금의 상당공원 자리에서 좋은 집주인을 만나 여러 해 운영하며 기틀을 쌓았다.

가족들과 위도에서 여름캠핑

집주인이 교사 출신인 이병두 선생님이라 한문 지식이 꽤 박식하셨다. 글씨를 쓰다 막히면 쫓아가 묻고, 또 묻고 많은 신세를 졌다. 그뿐이랴, 전화도 내 전화가 없으니 집주인 전화를 내 전화처럼 사용하고 밤중에라도 전화 오면 바꿔주고 늘 덕담을 해 주시던 이병두 사장님 두 내외분께 감사를 드린다.

상당공원이 생기면서 도청 민원실 앞으로 자리를 옮기고, 도청 서문 앞으로 또 옮기고 점점 더 발전해 나가고 종업원 숫자도 늘어 나갔다.

LG전자 청주공장이 단골 거래처가 되면서 큰 공장 안의 모든 광고물 제작을 독점하였다. 금성사가 LG전자로 상호가 바뀌면서 거의 1년 이상을 회사에 가서 살다시피 하며 각종 광고물과 로고를 바꾸는 작업을 했다.

LG전자 청주공장의 직원들은 우리 럭키미술사를 전적으로 신뢰하므로 내가 사업을 종료하고 다른 사람에게 인계하기까지 거의 20년을 단골로 거래했다.

그렇게 오랫동안 거래를 하면서도 직원들이 얼마나 청렴한지 오히려 내가 밥을 얻어먹었지 밥도 술도 단 한 번도 사줄 수가 없었다.

일본에 계시는 누님은 수차례 고향을 방문하여 옷가지며 많은 물품을 선

엘지전자 벽에 직접 그린 현판

사하였다. 우리 집이 친정이기 때문에 청주로 이사 와서도 거의 우리 집에 기거하였고 내가 사업을 하면서 전화가 없는 것을 알고 전화를 놓도록 해주었다. 그때는 돈이 있어도 어려웠다.

어느 곳에서 전화 예약 접수를 받는지 예고도 없어서 이곳저곳 첫새벽에 조카들까지 동원해 줄을 서게 했고, 선착순 전화를 설치할 자격을 주기 때문에 전날 저녁부터 줄을 서게 하였다.

어쨌든 어렵사리 전화를 설치하게 되었다.

우리 부부는 알뜰하게 절약하고 저축하며 누구의 도움도 없이 내 집 마련이라는 큰 꿈을 가지고 도전해 나가기 시작했다.

밤에 우암산에 올라가 보면 수 많은 집들이 반짝이며 보였다. "저 많은 집

중 우리 집은 셋방에 지나지 않으니 언제나 내 집을 마련하느냐?"며 아내가 더러 푸념을 늘어놓았다.

개업한 지 8년, 그처럼 원하던 내 집 마련이라는 꿈이 드디어 이루어지게 되었다. 1979년 드디어 우암동 청주대학교 아래 터가 105평인 집을 920만 원에 계약했다. 꿈같은 일이었다. 그런데 돈이 모자랐다. 가을이면 아내가 들은 쌀 계를 타면 되는데 100만 원이 우선 모자랐다.

충주 큰집에 가서 형수에게 가을에 갚을 테니 100만 원만 융통을 해 달라고 부탁을 했다. 그래도 우리 집안에 믿을 곳은 충주 큰형님 댁이고 또 남에게 이자놀이를 좀 하는 것으로 알았기 때문이었다.

그러나 믿었던 형수가 하는 말, "아니, 돈도 마련해 놓지도 않고서 집부터 계약을 하느냐?"라고 핀잔을 하셨다. 참으로 서운했다. 나 같으면 '아이고 장하네, 어떻게 그렇게 돈을 많이 모았어, 그런데 미안하지만 돈이 남의 수중에 들어가 있어서 금방 구하기가 어려워서 어떻게 하지?' 라고 했더라면 그래도 두고두고 섭섭한 마음은 같지 않았을 것이다.

나쁘게 생각하면 '동냥은 못 줄 망정 쪽박은 깨지 말아야 한다.'는 속담이 생각이 났다.

집을 마련할 때, 아내가 용돈을 줄이며 나 몰래 저축해 놓은 돈 200만 원이 큰 힘이 되었고, 두고두고 자기의 공로가 크다며 큰소리를 쳤다. 집이 오래된 집이라 목수 일을 하는 둘째 형님을 통해서 수리하고 마당에 보도 블록도 깔고, 페인트도 칠하고, 새집으로 단장을 마치고 꿈에도 그리던 내 집으로 이사를 했다.

아이들과 더불어 세상에서 가장 행복한 날이 내 집으로 이사하는 날이었던 것 같았다.

미국 캘리포니아 의과대학의 연구 보고를 소개한다. 낙천적으로 사는 사람이 비관적으로 사는 사람보다 무려 7년 반을 더 오래 건강하게 산다고

거실에서 좋아하는 아이들

발표했다.

이것은 금연이나 운동 등으로 연장되는 수명보다 두 배 이상 늘어난 것이다. 낙천적으로 유머를 가지고 웃으면서 사는 것이야말로 그 어떤 보약보다도 효과가 큰 것이다.

어떤 통계에 따르면 용서를 잘하고 긍정적인 성격의 소유자가 우울증이나 스트레스가 적고 혈압과 심장박동이 정상을 유지하며 잠도 잘 자고 잔

자존감 높은 사람이 품격 있게 말한다

* 자존감이란 내가 가치 있고 소중한 존재이며, 어떤 성과를 이뤄낼 가능성을 지닌 존재라고 믿는 마음의 상태다.

"넌 쓰레기 같은 놈이야!"
"넌 아주 저질에다 형편없는 놈이야!"

* 주변 사람들에게 이런 소리를 들으면 자신을 "쓰레기" 혹은 형편없는 놈으로 받아드리고 만다. 그래서 어렸을 때부터 사랑받고 존중 받으며 자란 사람일 수록 자존감이 높다.

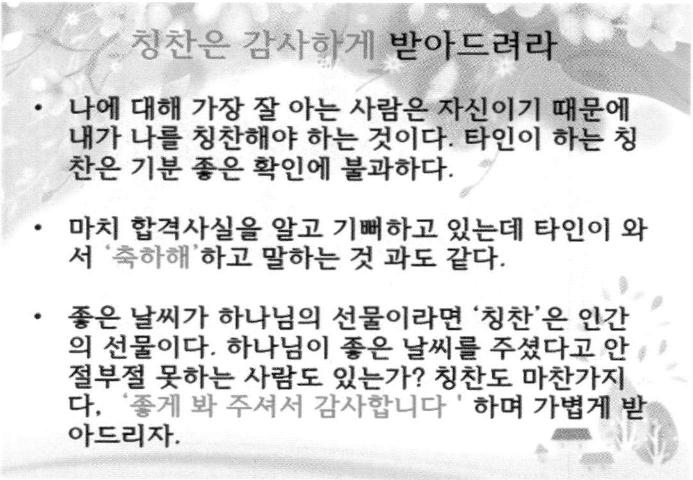

병치레도 하지 않는다는 것으로 나타났다고 한다.

그러므로 분노가 발생할 수밖에 없는 상황이라도 분노가 면역력을 약화시키고 각종 질병을 일으킬 수 있다는 사실을 기억할 때 한 번 더 참을 수 있는 인내력이 생기게 된다.

참을 수 없는 것을 참는 것이 참된 인내라고 생각한다. 긍정적이고 낙천적으로 웃으며 살자.

어느 목사가 자기 교회에 나오는 대학생들을 대상으로 상담을 했다.

지방대를 다니는 학생에게 먼저 물었다.

"대학교에 다니니까 행복하지?" 그러자 그 학생이 대답했다.

"대학에 다니면 뭐해요, 지방대학인 걸요…."

그래서 서울에서 다니는 학생에게 물어보았다.

"서울에서 대학을 다니니까 행복하지?" 그 학생의 대답은 이랬다.

"서울에서 다니면 뭐해요, S대도 아닌데요…."

그래서 S대에 다니는 학생에게 물었다. "S대에 다니니까 행복하지?"

S대에 다니는 학생이 대답했다.

"S대에 다니면 뭐해요, 학과가 좋지도 않은데요….”

그래서 좋은 학과에 다니는 학생에게 물었다.

"넌 S대학 좋은 학과에 다니니까 정말로 행복하겠구나.”

그 학생의 대답은 이러했다.

"좋은 학과에 다니면 뭐해요, 수석도 못 하는데요.

– 마하트마 간디가 주는 교훈

마하트마 간디는 인도의 독립 운동가이며 민족운동 지도자이자 인도 건국의 아버지다. 남아프리카에서의 인종차별에 대한 투쟁으로 유명해졌다.

제1차 세계대전 이후 영국에 대해 반영·비협력 운동 등의 비폭력 저항 운동을 전개하였다.

일반적으로 민족의 독립을 위해서는 폭력이 커다란 역할을 하였으나, 인도에 있어서는 간디가 평화적인 비폭력운동으로 추진하였다는점이 특징이다.

어느 날 한 어머니가 아들을 데리고 간디를 찾아왔다. "선생님, 제 아이가 사탕을 너무 많이 먹어 이빨이 다 썩었어요, 사탕을 먹지 말라고 아무리 타일러도 말을 안 듣습니다. 제 아들은 간디 선생님 말씀이라면 무엇이든지 잘 들어요. 그러니 선생님께서 한 마디만 말씀 좀 해 주세요.” 그런데 뜻밖에도 간디는 "한 달 후에 데리고 오십시오. 그때 말하지요”라고 했다.

아이 어머니는 놀랍고도 이상했으나 한 달을 기다렸다가 다시 간디에게 갔다. "한 달만 더 있다가 오십시오.”

"한 달씩이나 또 기다려야 하나요?”

"글쎄 죄송하지만 한 달만 더 있다가 오십시오.” 아이 어머니는 정말 이

해할 수가 없었으나 훌륭한 선생님의 말씀이니까 참고 있다가 한 달 후에
또 갔다.

 아이의 머리를 쓰다듬으며, "얘야, 지금부터는 사탕을 먹지 말아라. 사
탕은 많이 먹으면 해롭단다." 소년의 어머니가 간디에게 물었다. "선생님,
말씀 한마디 하시는 데 왜 두 달씩이나 걸려야 했나요?"

 "실은 나도 사탕을 너무 좋아해서 사탕을 먹고 있었어요. 그런 내가 어떻
게 아이보고 사탕을 먹지 말라고 할 수 있나요? 내가 사탕을 끊는데 두 달
이 걸렸답니다." 실천의 모범이 가장 좋은 교육이다. 교육이란 끝없이 지
속되는 실천의 연속이다.

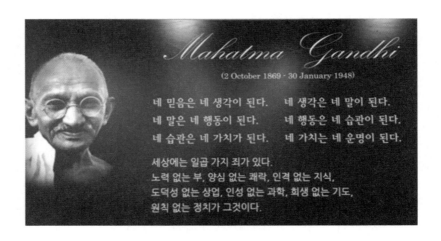

Mahatma Gandhi
(2 October 1869 - 30 January 1948)

네 믿음은 네 생각이 된다.   네 생각은 네 말이 된다.
네 말은 네 행동이 된다.   네 행동은 네 습관이 된다.
네 습관은 네 가치가 된다.   네 가치는 네 운명이 된다.

세상에는 일곱 가지 죄가 있다.
노력 없는 부, 양심 없는 쾌락, 인격 없는 지식,
도덕성 없는 상업, 인성 없는 과학, 희생 없는 기도,
원칙 없는 정치가 그것이다.

7. 성공과 행복의 가치 기준

　나는 방글라데시의 어린이를 돕는 일에 결연을 맺고 30여 년을 도와왔고, 캄보디아에도 매달 성금이 나가고 있다.
　적은 금액이지만 받아들이는 쪽에서는 얼마나 감사한 일인가. 여러 해를 지원했기 때문에 합치면 큰돈이지만 매달 조금씩 나누어 나가므로 별로 부담 없이 은행 계좌에서 지출되어나간다.
　방글라데시의 고아원에 있는 학생을 도왔는데, 고등학교를 졸업하면 다른 아이로 바뀌었다. 그때마다 감사의 인사장이 왔다.

　선진국의 부모들 대부분은 아들딸이 행복하기를 바란다고 한다. 그런데 우리 부모들의 생각은 자녀들이 성공하기를 바란다는 여론 조사 통계가 있다.
　우리는 어릴 때부터 경쟁 사회 속에서 성장하면서 돈도 남보다 더 벌어야 하고 공부도 남보다 더 잘하고 직장에서도 승승장구하여 승진도 빨리 돼야 했다.

사회의 양극화 현상이 심해지면서 이러한 경쟁에서 이기는 사람이라야 성공한 사람으로 인정을 받아온 것이 사실이다.

많은 현대인들이 성공해야만 행복하고, 행복이 없으면 성공도 없는 것으로 생각했다.

그러므로 피 터지는 경쟁 사회에서 이겨야만 사람이 행복해지고 성공했다고 생각했고 경쟁 사회에서 실패한 사람은 불행할 수밖에 없다고 믿어왔다.

우리나라는 고용환경의 양극화가 너무 심각하다.

어느 한 편은 뼈 빠지게 일을 해도 비정규직이라는 굴레에서 벗어나지 못하며 연봉의 차이가 정규직에 비하면 절반도 안 되는 직장도 많다고 한다.

많은 선진국은 경쟁 사회이기보다는 서로 공존하는 사회, 즉 더불어 살기 위해서 다양한 사회적인 가치관을 만들고 존재한다.

우선 직장인들의 받는 연봉이 비슷하다고 한다. 비정규직이나 정규직의 연봉이 차이가 나지 않기 때문에, 정규직이 되려고 애쓸 필요도 없고, 정규직은 행복하고 비정규직은 불행하다는 고정관념이 많지 않다.

우리나라도 연봉의 차이를 차차 줄여나가고 마치 옛날의 노비와 상전 같은 문화를 타파하여 너나없이 행복한 사회를 꿈꾸며 양극화된 사회가 없어지게 되어야 한다.

우리도 행복과 성공에 대한 가치 기준을 바꿔야 한다.

나는 그 동안 수차례 해외여행을 했다. 우리나라만 못한 빈국을 갈 때는 언제나 그들을 도울 물건들을 챙겨갔다. 필리핀을 일곱 차례 방문하며 그곳 '민도르섬' 원주민들을 돕는데 앞장서 왔다.

그들은 우리보다 더 잘살았고 6. 25 전쟁 때도 우리나라를 도와주었다.

우리나라에서 성공한 새마을운동이 모델이 되어 보급된 나라들이 세계

각처에도 많이 있다.

지난 2017년에는 그들에게 우리나라의 새마을운동을 소개하며 밤낮을 가리지 않고 열심히 일해서 살기 좋은 대한민국을 이룩한 일화를 2시간 동안 강의를 하였다.

박정희 대통령이 필리핀을 방문한 후 '우리나라가 필리핀만큼만 살았으면 원이 없겠다.'라고 말씀을 하였다고 한다.

그러나 지금 우리는 그들을 10배 이상 추월한 선진국 대열에 들어가 있다. 나는 그들에게 영상을 통해 우리나라 국민들이 새마을 운동을 통해 새벽잠을 자지 않고 일어나 부지런히 일했기 때문에 오늘날 대한민국이 있다는 사실을 역설하였다.

월남파병으로 외화를 목숨과 바꾸었고, 독일에 광부와 간호사를 보내고 원양어선들이 먼바다에 나가서 피나는 고생을 한, 그런 돈을 종자돈으로 고속도로를 만들고 새마을 사업을 통하여 잘사는 나라가 되었다고 말하며 새마을 노래를 들려주었다.

새마을운동에서 도로 만들기

새벽종이 울렸네, 새아침이 밝았네, 너도 나도 일어나 새마을을 가꾸세. 살기 좋은 내 마을 우리 힘으로 만드세.
초가집도 없애고 마을길도 넓히고 푸른 동산 만들어 알뜰살뜰 다듬세. 살기 좋은 내 마을 우리 힘으로 만드세.

　서로서로 도와서 땀 흘려서 일하고 소득증대 힘써서 부자마을 만드세. 살기 좋은 내 마을 우리 힘으로 만드세.

　우리 모두 굳세게 싸우면서 일하고 일하면서 싸워서 새 조국을 만드세. 살기 좋은 내 마을 우리 힘으로 만드세.

새마을운동이 전개된 나라

8. 꿈에도 그리던 대학 생활

청주대학교 경영학과 야간반에 1980년 3월 드디어 입학을 하고 수업을
시작했다.

대학 생활이라고 하지만 다들 나이 먹어서 뒤늦게 학업을 시작한 사람들
이 대부분이었다. 그야말로 주경야독을 했다.

낮에는 각자의 일터에서 열심히 일하고 밤에는 강의를 들었다. 새롭게 사
귄 친구들과 더불어 자주 별도의 모임을 갖고 친목을 도모하는 그래서 나에
게도 약간의 학연을 쌓는 기회가 되었다.

뒤늦게 나이를 먹어 공부한다는 것이 결코 쉽지 않은 일이었다. 때마침
전두환 정권이 계엄령을 선포하여 한동안 학교를 나가지 못하는 어려움도
있었다.

그래도 하나같이 다들 열심히 출석하고 강의를 들었다. 논문을 작성할
때도 서로 협조하며 작성을 하였으므로 별로 힘들지 않게 마칠 수 있었다.

가을에 남해안으로 학교에서 선진지 견학이라는 명목으로 여행을 떠났

다. 버스 안에서 분위기를 형성하고자 하는데 이것이 잘 안 되었다.

한 친구가 분위기 쇄신을 위하여 모두가 무조건 술을 한 잔씩 마시자는 제안을 했다.

이 제안에 의해 술을 한 잔씩 차례대로 받아 마셨다.

내 차례가 되었다. "나는 원래부터 술을 안 마셨고 그래서 마실 수 없다." 라고 말하자 강제로 무조건 마셔야 한다고 우기며 맥주병을 들이댔다. 그러나 나는 완강하게 거절을 했다.

그러자 이 친구가 "안 마시면 붓는다." 라며 내 양복 주머니를 열었다. 이때만 해도 우리나라 여행객들 대부분이 양복을 입고 여행을 다닐 때였으므로 나도 역시 양복을 입고 있었다.

이 친구는 양복 상의 주머니에 맥주 한 컵을 다 쏟아부었다.

기가 막힌 일이었다. 그렇다고 그 자리에서 성질을 부리면 판이 깨지는 불상사가 벌어질 판이니 눈을 지그시 감고 기도했다.

"하나님, 모든 어려움을 잘 참고 견딜힘을 주시옵소서."

평소의 내 성질 같으면 야단법석이 날 일이지만 허허, 억지웃음을 지으며 잘 참고 넘어갔다. 하도 황당한 일이다 보니 지금도 기억이 생생하다. 그때 어려운 상황을 잘 참고 넘어갈 수 있도록 이길 힘을 주신 하나님께 감사를 드린다.

졸업식 때 나는 학업기간 동안 열심히 면학 분위기 조성에 힘쓴 공로를 인정받아 공로상을 받았다.

졸업식에 사랑하는 아내와 아이들이 모두 모여 축하하며 아내의 눈에는 감격의 눈시울이 붉어지는 것을 보았다.

졸업 후 친목 모임이 잘되었다. 처음으로 해외여행의 길이 열리자 부부동반으로 여행을 계획하고 관광회사에 위탁했다.

4박 5일 일정으로 태국, 홍콩, 마카오를 다녀오는 코스였다. 모두 들 해외여행은 초보라 긴장한 채로 김포공항에 모였다.

일행들은 처음 가는 해외여행이라 가이드에 의해 일사분란하게 잘 움직였다. 그런데 아내가 걱정이었다.

포도 농사할 때 생긴 류마티스 관절염 때문에 걷기가 어려워 다른 일행들이 많은 신경을 쓰게 했고 폐를 끼쳤다.

그러나 일행들 모두가 처음 보는 열대지방 환경과 처음 먹어보는 과일들 때문에 참으로 신기해했다.

일행들이 잘 돌보아주어 무사히 태국 관광 후 홍콩에 왔는데 아내가 차에서 내리지 않는다. 다리가 너무 아파 다닐 수 없단다.

홍콩 여행중

처음 나간 해외라서 아이들 선물이랑, 직원들 선물, 지인들도 그냥 있을 수 없는 사람들이 많아서 쇼핑샵에 들리는데 나는 할 수 없이 혼자 들어가 잡다한 선물들을 샀다.

9. 포도과수원 농장

　광고 사업을 시작한 후 언제부터인지 감기처럼 계속 콧물이 나오는 이상한 증상이 계속됐다. 병원 치료를 받았으나 그때뿐이고 약을 중지하면 증상이 재발 되었다.

　이비인후과 검사결과 알레르기성 비염이라는 판단이 나왔다. 아마 아크릴 냄새, 페인트, 매직 등에서 나오는 유해물질을 많이 마셔서 생기는 직업병 같았다.

　별별 치료를 다 받았으나 약을 끊으면 콧물이 손수건으로는 감당이 안될 정도로 나왔다. 코감기약을 먹고 두어 시간 누워있어야 일어나 일을 할 수가 있었다.

　콧대가 이상이 있다고 하여 수술도 받아봤으나 두어 달이 지나니까 마찬가지가 되었다.

　대개 경우 알레르기성 비염은 꽃가루가 많이 날리는 봄에 심하고 봄이 지나면 호전된다고 하는데 내 경우는 춘하추동 사계절 똑같이 약을 먹지 않고는 견딜 수가 없었다.

여러 가지로 연구하고 고민하다가 직업을 바꾸기로 했다. 포도과수원을 하면 화공약품 냄새를 맡지 않을 수 있으니 이것을 해 보기로 했다.

입장에 거봉 포도단지가 생기면서 많은 농민들이 재미를 보고 있다는 사실을 알고 입장 포도농원의 대부 격인 박문용 장로의 조언을 듣고 청원군 북이면 장양리에 땅을 구입했다.

야산을 개발하여 농작물을 심는 운동이 벌어지고 있는 때라 북이면 장양리 2구의 야산 3,500평을 구입했다.

야산을 개발하여 평탄작업을 하고 포도과수원 중에서도 인기가 좋은 거봉을 심었다.

첫해에 열심히 가꾼 결과 농사가 잘되어 나무가 잘 자랐다.

관리인으로 고향 후배인 변종아 집사(현재 장로)가 이사를 와서 열심히 일하며 관리를 했다.

입장에서 포도 농사 경험이 있는 오희준 장로가 옆 동네에 약 1만 평을 구입하여 포도과수원을 하기로 했다.

지금까지 입장을 왔다 갔다 하며 배워 가면서 농사를 했는데 너무나 반가웠다. 자주 가서 물어보고 배우고 자신감이 좀 생기기 시작했다.

농약도 사람이 타고 운전하며 자동으로 뿌리는 SS고성능 분무기를 샀다. 노력의 결과 나무가 많이 자라고 2년생 어린 포도나무에 5~6송이씩의 포도가 달렸다.

매우 기뻤다. 실컷 먹고 선물도 하고 약간은 팔기도 했다.

그때의 거봉은 지금 거봉과는 품종이 달랐다. 맛은 기가 막히게 좋으나 비가 오면 과피가 터지고 갈라져 터진 알을 다 발라내야 하는 결점이 있었다.

밤에도 전등을 들고 갈라진 알을 파내야 했다. 그래야만 그 알이 썩으면

서 옆으로 번지는 것을 방지할 수 있었다.

자꾸 갈라진 알을 파내다 보면 송이가 헐렁하고 보기 싫게 되었는데 지금 포도는 개량하여 잘 터지지 않으므로 알이 차고 보기는 좋으나 옛날 거봉 포도의 맛과는 비교가 안 되게 당도와 맛이 떨어졌다.

거봉은 추위에 약하므로 줄기 전체를 땅을 파고 묻어야 나무가 얼어 죽지 않기 때문에 어렵고 번거로운 작업이 있었다.

가을에는 나무를 전지하고 덕에서 끌어 내려 땅을 파고 묻어야 하는 엄청난 작업이 있다.

인근 사람 수십 명의 인부를 동원하여 며칠 동안 해야 하는 어려운 작업이었다. 3년 만에 포도의 수확이 제법 되었다.

어린 6살 미영이 4살짜리 막내 미라까지도 동원하여 박스를 접는 일을 도왔고 온 가족이 어려움도 모르고 수확의 기쁨을 누렸다.

소형 1톤 트럭으로 한 차를 싣고 대전 농산물 시장에서 경매를 한 결과 한 관에 1만 원씩 도합 300만 원이 손에 들어왔다.

입이 저절로 벌어졌다. 40년 전 300만 원이면 큰돈이었다.

한동안 낮에는 광고업체인 럭키미술사에서 일하고 오후에는 인부들이 수확한 포도를 다듬고 포장하여 밤 12시에 출발하여 새벽 4시에 경매를 하는 이 작업은 결코 쉽지않은 일이었다.

알레르기성 비염을 치료하려고 했는데 이것마저도 어려워 럭키미술사 사업을 같이 있던 직원에게 넘겨주었다.

1년여를 지나고 연말이 되자 그동안 거래하던 세무서 등 여러 기관에서 겨울에 놀고 있으면 차트를 써 달라는 주문이 들어와 더러 일하여 수입원이 되었다.

그러나 광고업을 쉬고 화공약품 냄새를 맡지 않아도 내 코의 비염은 덜하지 않았다.

업체를 넘겨받은 직원은 1년 만에 여기저기 빚을 지고 야반도주하였고, 거래처에서는 야단이 났다.

할 수 없이 도청 서문 앞에 점포를 하나 계약하고 다시 개업을 했고, 결국 포도농장은 5년 만에 세를 받기로 하고 다른 사람에게 위탁하여 5년을 더 지내다 매매하게 되었다.

포도밭 10년, 많은 것을 배우고 터득한 기간이었다. 나는 아름답고 먹음직한 열매를 수확하기 위하여 피땀을 흘리며 농사를 지었는데 수확 철이 되면 많은 불청객조차 찾아와 그들을 거두는 일도 보통 일이 아니었다.

나는 아내에게 늘 고마워한다. 찾아오는 손님들을 대접하면서도 불평하지 않고 웃으면서 그들을 대해 주었기 때문이다.

오토바이로 다니다가 중고승용차를 샀다. 짐을 실을 수 있어서 가장 좋았다. 포도 농사 가운데 포도나무 둥치를 파고 들어가는 심식충深識蟲이라는 해충 때문에 골치가 아팠던 기억이 난다.

아래 부분을 파고 들어가면 그 마디가 상하기 때문에 나무 전체가 영양실조가 되어 부실해지고 멀쩡하던 나무가 결국에는 고사하고 만다.

우리 인생 문제를 비교해 본다. 학생 때는 열심히 공부하고 모범적인 학생이 되어야 하고, 군대에서는 가장 씩씩하고, 용기 있고, 애국심이 강한 군인이 되어야 한다.

더 지나서 직장인이 되었다면 누구보다도 책임감과 추진력이 있는 모범적인 직장인이 되어야 한다. 어른이 되어서는 강한 신념과 지도력을 고루 갖추고 이기심을 버리고 주위 사람들에게 존경을 받을 수 있는 멘토(Mentor)가 될 수 있도록 노력해야 한다.

포도나무가 심식충의 피해를 막으려면 5월 초에 살충제를 나무 둥치, 마디마디에 골고루 잘 뿌려주어야 나무속을 갉아먹는 피해를 막을 수 있다.

우리 인생도 마찬가지다. 제때, 기회가 지나기 전에, 주어진 역할을 충실히 하고 기초를 차곡차곡 쌓아가며 인간관계에서 실패하지 않도록 노력하고 가꾸어 나간다면 성공과 행복의 닻줄은 누구도 끊어 버릴 수 없게 될 것이다.

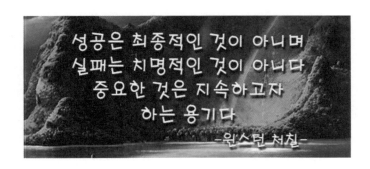

성공은 최종적인 것이 아니며
실패는 치명적인 것이 아니다
중요한 것은 지속하고자
하는 용기다
-윈스턴 처칠-

V.

사회봉사의 삶

1. 옥외광고협회를 조직

광고인들의 권익보호와 상호연합을 위한 단체인 옥외광고협회가 몇 해 전부터 몇 번을 조직하였으나 회장을 맡은 사람들이 조직을 살리고 활성화하기보다 자기 개인의 이익을 추구하는데 몰두한 나머지 번번이 실패하고 말았다.

다른 지역들은 잘 조직되어 성공한 협회로 인정을 받고 있는데 우리 지역은 그렇지 못했다. 교회 사업에 헌신하고 봉사하는 일의 절반만 해도 협회를 살릴 수 있지 않을까 하는 생각이 들었다.

1988년 내가 광고 사업을 시작한 지 18년째 되는 해였다. 광고협회 총회가 열리고 내가 청주시 광고협회 회장으로 선임되었다.

럭키미술사 사무실을 광고협회 사무실로 전환하고 여직원을 채용하고 본격적인 협회의 모습을 갖추기 시작했다. 회원들의 참여와 협조가 간절한 터이라 회원들에게 찾아다니며 협조를 구했다.

그러나 생각처럼 협조를 구하기가 쉽지 않았다. 전에 협회의 회장을 맡앉던 사람들에게 이용만 당하고 말았던 터라 협회를 향한 불신의 골은 매우 깊어 있었다.

더구나 관공서에서 적극적으로 도와주어야 하는데 정식 사단법인도 아닌 임의단체라서 협조를 구하기가 어려웠다.

그럭저럭 1년이 지나서야 회원 모집도 좀 되고 관에서도 관심을 보이기 시작했다. 임의단체의 한계를 벗어나기 위하여 광고협회 중앙회를 찾아가 협조를 구했더니 매우 적극적으로 도와주었다.

결국 사단법인 '한국광고물제작업협회' 충청북도지부가 창립됐다. 충북 도내 400여 곳의 광고업자를 대표하여 내가 지부장을 맡고 청주시지회도 창립하여 본격적인 업무가 시작됐다.

더러는 내가 무슨 이권이라도 챙기려는 줄 알고 찾아와 시비하고 행패를 부리려는 사람들도 있었으나 잘 이해를 시켰다.

사무국장을 선임하여 본격적인 업무가 시작됐다. 틈만 나면 불법광고물을 자진해서 철거하며 협회가 정착되어갔다.

도청에서 광고물 심의위원회가 열리는데 부지사에게서 협회가 많은 일을 하여 도시미관개선을 돕고 있다며 칭찬을 받았다.

그 결과 협회에 대한 믿음이 생기고 법적으로 1년에 한 번씩 광고업자 직무교육이 있는데 이 교육을 협회에서 위탁받아 실시하게 되었다.

잘 준비하여 법규교육은 담당 직원이 기능교육과 정신교육은 내가 강사로 열강을 했다. 여기에서 또 점수를 얻었다.

위탁해 놓고서도 '저들이 얼마나 잘하랴?'라고 의심했는데 생각보다 너무 잘했다며 칭찬을 아끼지 않았다.

약간의 기금도 마련되고, 협회의 위상이 정립되어가는 모습을 보니 기쁘기 한이 없었다. 최선을 다한 결과라고 생각하며 협회의 미래가 보이는 것 같았다.

　하면 된다는 자신감을 갖게 되고 회원들과 관청의 협조가 조금씩 이루어져 갔다. 불법 광고물이 난무하던 터에 협회에서 자진 철거와 더불어 계몽에 앞장서므로 관과의 협조체계를 이루어 나갔다.

　매년 하계수련회를 개최하여 회원들의 연합과 친목을 도모하였고, 교육을 통하여 기능향상과 준법정신을 고취시키는 일에도 앞장서 왔다.

　회원들의 친목을 위해 야유회를 실시하므로 회원들이 협회에 대한 신뢰가 쌓이게 되고 불신과 반목으로 일관하며 협조하지 않던 회원들이 자발적으로 협회에 가입하고 회원들이 늘어가면서 제대로 된 협회로 자리를 잡아가게 되었다.

　지방 시군에도 협회를 조직하여 정착되고 나는 옥외광고협회 조직 활성화에 일등공신이 되었다.

　무엇이든지 할 수 있다는 신념과, 열정을 가지고 최선을 다한다면 그 꿈은 반드시 이루어질 수 있다는 증거가 된다.

　"당신 앞에 어려운 시련이 다가오고 있습니까? 열정과 신념을 가지고 그 시련들을 이겨나갑시다. 그리고 최선을 다 합시다."

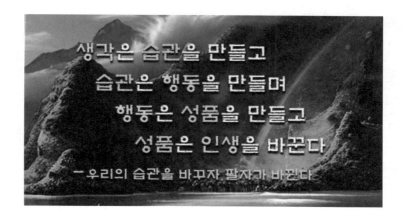

그림그리기가 좋아 시작한 광고업 30년 외길

― 청주시지회 나상길 회원

교육과 문화의 도시 청주에서 30년간 옥외광고업에만 전념하며 외길 인생을 걸어온 회원이 있다. 주위에서 누구에게나 부지런하고 꼼꼼하다는 평을 받고 있는 나상길 회원이 바로 그 주인공. 충북지부 초대 지회장을 역임하기도 한 그의 옥외광고업 사랑이야기와 한길을 묵묵히 걸어온 인생이야기를 들어보았다.

▲ 약속을 생명으로 여긴다는 나상길 회원.

글/사진 김은주 기자

있다.

"오히려 그러한 경험들이 71년부터 본격적으로 사업을 시작한 이래 지금껏 나를 이끌어 준 탄탄한 기초가 될 수 있었던 것 같다"며 페인트를 칠하고 아크릴로 간판을 만드는 일을 떠올렸다.

▶ 나상길 회원이 운영하는 럭키광고

내가 만든 차트로 대통령이 브리핑할 때 가장 큰 보람

충북지부 초대 지부장을 역임하면서 불법광고물을 철거하고 옥외광고업의 위상을 높이는 일에 앞장섰던 그에게 주위로부터의 칭찬만이 있었던 것은 아니었지만, 개인적으로는 최선을 다한 삶이었다고 그는 회상한다.

"내가 제작한 차트를 갖고 대통령이 브리핑을 했을 때의 설레임과 흥분은 지금도 마음 속에 떠올리고 있다"고 말하면서 지난 94년 우수광고물 전시회 돌출간판 부문에서 대상을 수상한 것도 보람 중 하나라고 설명했다.

하지만 같은 업계에 종사하는 회원들간의 가격경쟁으로 서로 힘들어하고 불신하며, 예나 지금이나 영세하게 운영하는 동료와 후배를 볼 때마다 옥외광고업의 위상을 높이는 데에는 아직도 해야할 일과 넘어야 할 산이 많다고 지적한다.

"자신과의 약속을 철저히 지키는 자만이 후회 없는 삶을 살게 된다"는 독실한 기독교인으로서의 철학이 사업 경영에 있어서도 그를 지켜주는 평생 철학으로 자리잡았다.

앞으로도 그는 고객과의 약속을 지키기 위해 그리고 자신과의 약속을 지키기 위해 광고물을 제작하는 일을 묵묵히 해나갈 것이다. 🄝

▲ 변함없이 자신의 직업에 열중인 나상길 회원이 작업하는 모습

▲ 나상길 회원이 그린 유화.

광고협회지에 실린 나상길 소개

일하는 사람

광고뉴스신문 1994년 10월 31일

청주 럭키 미술사 나상길씨
'약속은 생명이다'

무심천이 감싸안고 있는 교육 문화의 도시 청주(淸州). 충북의 도청소재지로 성장하면서 북문로에 소재한 럭키미술사 나상길(羅相吉·50)사장에게도 적잖은 영향을 주었다. 컴퓨터가 사람의 손을 대신하는 지금에 와서 하나의 추억이 되어버린 도청 차트사로 처음 직장을 마련한 그가 광고업과 사반세기의 인연을 맺게 된 것은 그 당시로서는 당연한 일이었다.

1960년대 군대에서 솜씨를 발휘했던 경력이외에도 현 한국광고사업협회 이두성 지부장의 배부에게서 초상화를 지도(指導)받은 것이 큰 도움이 된 것이다. 학교 교육이 정착되고 있을 즈음 남보다 뛰어나게 글자를 잘 썼다는 것 자체가 일찍 개인업으로 출발하게금 만들었던 것도 사실이다. 밤새워 차트와 초상화에 얽매일때도 광고업은 별개였는데 71년 부터 본격적으로 하면서부터는 그같은 과정이 탄탄한 기초로 작용되어 관공서광고물을 주로 맡게 됐다.

그러나 그의 '극성맞을 만큼 부지런한 성격'으로서는 광고업체가 난립하여 광고물의 질적저하가 초래되는 현실이 안타까울 뿐이다. 이는 초대지부장으로 역임하면서 지향해 온 광고인생의 일관된 모습과도 일맥상통하여 불법광고물 철거에 몸소 나서고 지역의 후배광고인을 계도하는 것으로 이어졌다. 그뿐 아니라 공식단체 성립이

전부터 동호인 단체격인 청주시 광고인협회를 결성하여 위상을 높이는데 앞장섰으며 그 과정에서 주위의 칭찬만이 있었던 것도 사실은 아니었으나 이익만 추구할 수 없다는 평소 신조로 살아온 인생이었다.

대외적으로 활발한 활동을 하면서도 지난 10월 충북지부에서 개최하는 우수광고물전시회 물출간판 부문에서 대상을 수상하는 실력을 발휘했고 이같은 대회가 아니더라도 그의 명성은 오랜 터줏대감처럼 자리가 잡혀 있다.

개인적으로 최선을 다해온 삶이었건만 '지금은 설치된 광고물에 글자를 쓰고 입체까지 멋지게하는 진짜기술자가 없고 예나 지금이나 쉽게 하려는 경향으로 영세하다'는 것이 제자리 걸음만 하는 광고현실을 보여줄때면 때론 노력이 허탈해지기도 한다는 얘기다. 길을 갈때도 광고물 하나하나를 세심히 살필만큼 정성을 다함으로써 조감도를 제작하고 아취, 플래카드 등에 이르기까지 하청을 허용하지 않는다.

이모든 일감을 해주는 5명의 가족에게 늘 대를 이어가는 이웃나라 일본의 직업의식을 강조하며 진정한 실력을 배향하는 사람으로서 생활하길 강조한다. 따라서 이직이 잦고 흉내라도 낼만한 기술이 되면 광고업을 개설하는 세태를 보면서 그는 끝까지 고집스런 광고인으로 남고 싶어한다.

그것은 곧 교회를 찾을때의 독실한 종교인으로 '약속은 생명이다'는 평생의 경영철학을 낳았고 자신과의 약속을 지키는 자만이 후회없는 삶을 살게 된다는 교훈을 만들게 되었다. 앞으로도 그는 이렇게 거울을 비춰가는 마음으로 자신의 초상화를 그리는 작업을 해 나갈 것이다.

최필숙 기자

충북 청주시 북문로
1가 6번지
T. (0431) 221-5950

광고협회지에 실린 나상길 소개

147

-맨발의 아베베

아베베는 목동이었던 아버지와 함께 가축을 기르면서 어린 시절을 보냈으며 20세에 가족의 생계를 위해 군인이 되어 황제 친위대에 근무하였다. (1932년생~1973년 사망)

집에서 근무지까지 약 40km를 매일 걸어서 출퇴근했는데 이때 다져진 체력이 마라토너로 성공하는 밑거름이 되었다. 한국전쟁 때에는 에티오피아군의 일원으로 참전하기도 하였다.

1960년 로마올림픽에 출전 예정이었던 선수가 축구경기에서 무릎을 다치는 일이 일어나자 대체 선수로 올림픽에 출전하게 되었다.

로마에서 열린 제17회 올림픽경기대회 마라톤에 출전하였을 때 하나뿐이었던 운동화가 낡아 신을 수 없게 되었고 스폰서였던 아디다스측의 도움을 받기로 하였다. 하지만 운동화를 지원받지 못하게 되자 맨발로 출전하여 달렸다.

그는 맨발이라는 악조건 속에서도 당시 세계 신기록인 2시간 15분 16초 2로 우승함으로써 '맨발의 왕자'라 불리며 일약 세계적인 스포츠 스타로 관심을 받게 되었다.

에티오피아 황제는 아베베를 3계급 특진시켜 하사관으로 승진하였고 황제를 상징하는 반지를 선물 받기도 했다.

그리고 나서 4년 후 도쿄 올림픽 때는 운동화를 신고 뛰어서 다시 우승했다.

그는 기념으로 자동차 한 대를 선물 받았다. 그러나 불행히도 자동차사고가 발생하여 하반신이 마비되는 중상을 당하고 말았다.

많은 사람들이 그가 뛰는 모습을 다시 볼 수 없음을 아쉬워하게 되었다.

그로부터 4년 후, 기적이 일어났다. 그가 런던 장애인 올림픽에서 휠체어를 타고 달려서 다시 우승을 하게 되었다.

우리 인간은 무엇이든지 할 수 있다는 신념과, 열정을 가지고 최선을 다한다면 그 꿈은 반드시 이루어질 수 있다는 증거가 된다.

"당신 앞에 어려운 시련이 다가오고 있습니까? 열정과 신념을 가지고 그 시련들을 이겨나갑시다. 그리고 최선을 다 합시다."

2. 청주 로타리클럽 봉사활동

　광고업을 하면서 그동안 친분을 맺어온 관광회사를 경영하는 유승택 씨가 나를 찾아왔다.
　봉사단체인 로타리클럽에 가입하여 같이 활동을 하자는 권유를 받았다. 나는 잠시 생각을 한 후에 우리가 사는 지역과 세계의 빈민들을 위하여 봉사한다는 말에 흔쾌히 대답했고, 충북에서 가장 오래된 최고의 클럽이라 자칭하는 청주로타리클럽에 1987년 7월 1일부로 가입을 했다.

　얼마 전까지만 해도 청주클럽에 회원으로 가입하기는 어려웠다고 한다. 기관장클럽이라고 할 정도로 각 기관의 기관장들이 포진해 있으므로 우리 같은 영세한 직업을 가진 사람들이 가입하기는 어려운 것이 사실이었다.
　그러나 시대의 흐름에 따라 많은 변화가 생기므로 회원들의 가입수준이 전보다는 많이 완화되어 있었다. 남궁병원의 남궁 윤 박사, 신외과의원의 신필수 박사 등 많은 원로회원들이 신입회원들을 보듬어주고 챙겨주므로 쉽게 적응할 수 있었다.

1992년 유응종 씨가 회장이 되면서 내가 총무로 부름을 받았다. 회장보다 총무인 내가 나이가 몇 살 더 많아서 걱정을 했다.

그러나 입회 순서가 중요하지 나이가 무슨 상관이 있겠는가. "걱정하지 마세요. 나는 교회에서 나보다 훨씬 나이가 어린 목사도 깍듯이 윗사람으로 모셨고, 그런 식으로 회장을 보필할 테니 아무염려 마십시오."

나는 회장에게 이렇게 말했다. 그리고 일 년 동안 최선을 다해 회장을 보좌하고 총무의 역할을 다했다.

그 후 세월이 흘러 1996년 7월 1일 내가 회장으로 취임을 했다. 봉사단체로서의 역할을 제대로 할 것을 마음먹었다.

'96~'97로타리클럽 회장 이·취임식

로타리클럽에는 클럽봉사위원회, 사회봉사위원회, 국제봉사위원회, 직업봉사위원회 등 4대봉사위원회가 있다. 전에는 국제봉사위원회에서 매해마다 일본에 있는 두 개의 자매클럽을 방문하여 관광하는 일이 전부였다.

나는 이 일을 바꾸어 우리만 못한 나라에 가서 진짜 그들을 돕는 국제봉

사를 할 것으로 마음을 굳히고 회의를 거쳤다.

어떤 회원은 우리 주위에도 불우한 많은 사람들이 있어서 우리가 그들을 도와주어야 하는데 무엇 하러 해외, 다른 나라에까지 가서 봉사를 하느냐며 반대를 했다.

그러나 나는 그 일은 사회봉사로 할 일이고, 국제봉사는 다른 나라를 위한 봉사이며 봉사는 우리 주위나 먼 곳이나 불문하고 하는 것이 참된 봉사라고 역설하며 그 일을 결정하였다.

전에 방문해본 경험이 있는 필리핀으로 결정을 하고 11명의 봉사대가 구성되어 1996년 12월 봉사할 물품을 꾸리고 떠났다.

목적지는 민도르섬, 화이트비치 근방에 있는 원주민촌, 헌옷 약 1,000

일본 자매클럽인 오미하찌망 클럽에서 회장인사

점, 쌀 15부대, 통조림, 라면 등을 지프 2대를 대절하여 싣고 갔다. 그래도 우리가 간 곳은 화이트비치라는 관광지에서 멀지 않은 곳이라 더러 우리 같은 봉사대가 방문하여 도움을 받고 누추한 옷이라도 걸치고 있지만, 차로 2~3시간 가야 하는 곳의 원주민들은 거의 벗고 살다시피 한다고 한다.

고맙고 반가워하는 그들의 모습을 보면서 국제 기아 해방 운동에 함께 하므로 다소의 보람을 느끼고 돌아왔다.

지역사회봉사도 봄과 가을 두 차례 거쳐 실시했다. 청원군청으로부터 시골 오지 마을을 추천받아 미원면 계산리와 북이면 호명리로 정했다. 변호사, 법무사는 법률상담, 한의사는 한방치료, 치과의사, 내과 의사 등 다양한 봉사를 했다.

그리고 우편함을 만들어 일일이 주소, 성명을 써서 달아주었다. 나는 우리 직원을 대동하여 용접기로 부서진 대문, 리어카 등을 손질해 주고 페인트까지 칠해 주었다. 주민들의 고마워하는 모습이 지금도 생생하며 참된 봉사를 통하여 보람을 느낀 하루였다.

봉사가 끝나고 저녁 식사를 하면서 몇몇 원로회원들이 "로타리 활동 수년 중에 오늘이 가장 보람 있는 진짜 봉사였다."라며 칭찬을 아끼지 않았다.

대개의 봉사가 돈 몇 푼 전하며 사진 찍고 끝나는 일이 다반사였는데, 진짜 몸으로 뛰며 봉사하는, 그래서 기쁨과 보람을 함께 맛보는 참다운 많은 봉사단체가 있었으면 하는 바람이 크다.

"사랑과 봉사는 국경이 없다."
필리핀 국제봉사를 다녀와서

청주RC 회장
나 상 길

칠천여개의 섬의 나라 필리핀은 625 동란때 우리를 지원하였고 그들의 국민소득은 우리를 앞서 있었다.

그러나 이제 우리는 소득면에서 그들의 10배를 넘는 경제대국이 되어가고 있다. 필리핀 원주민들기 국제봉사에 청주클럽 회원11명이 헌옷(약1000점) 13박스와 우리 돈 100만원으로 쌀 15부대와 라면, 생선통조림, 과자 등을 구입하여 찌프니 1대에는 구호품을 싣고 또 한대에는 봉사단이 승차하여 약 20분을 달리자 원주민 부락에 도착하였다.

느릿느릿 사람들이 모이기 시작하였고 추장이 왔다. 시간이 지나자 4~50명 정도가 모였다.

성급한 봉사단 몇 분이 가져간 운동화를 그들에게 주었다.

그러나 안타깝게도 그들은 그것을 반갑게 받지 않았다. 왜냐하면 그들에게는 신을 신는게 거추장스럽고 오히려 벗는 것이 더 편하기 때문이라는 것을 깨닫게 되었다.

통역을 통하여 그들의 원어로 한국 청주로타리클럽에서 여러분을 방문하게 되었다고

소개하였으나 그들의 표정은 이상하리만치 무표정했다. 아마 긴세월 자자손손 밖의 사람들에게 천대받으며 짐승처럼 살아온 그들의 생활이 그들의 웃음을 잊게 했는지도 모를 일이다.

구호품을 전하며 통역이 박수를 권하자 그제서야 박수를 치며 웃는 그들의 모습을 볼 수 있었다. 그들의 집은 옛날 시골 닭장을 연상케 하는, 즉 비바람이 그대로 들어오는 풀로 엮은 집이었으며 안에는 아무것도 없이 냄비같은 새까만 그릇 하나만 천정에 매달려 있을 뿐이었다. 우리의

로타리클럽 Ju Rotary Club 필리핀 국제봉사단

3. 웃음전도사로 웃음과 행복을 전하다.

　절제협회 청주지부장으로 금연교육을 열심히 하다가 '재미있게 강의를 해야 인기 강사가 될 텐데' 하는 생각을 하고 수소문하여 웃음 치료 강사로 전국에 명성을 날리는 이요셉 선생을 만나 웃음 치료를 배우기 시작했다.

　이것이야말로 내게 잘 맞는 강의법이라는 생각을 굳히고 서울을 수없이 오르내리며 열심히 배웠다. 금연교육이 재미있을 리 없다. 흉한 사진이나 그림만 보여주고 안 된다, 안 된다, 만 반복하기 때문이다.

　나는 방법을 바꿨다. 중간중간에 재미있는 영상도 보여주면서 나 자신을 깨부수고 마치 개그맨처럼 웃기기 시작했다. 반응은 기대 이상이었다. 각 학교에 재미있게 강의하는 사람으로 평가되면서 강의 요청이 쇄도하기 시작했다. 2007년부터는 금연교육, 웃음 치료 등 매년 270회 이상 강의를 하는 명강사로 발돋움하게 되었다.

　우울증은 현시대의 감기라고 할 만큼 흔한 질병이 되고 있다. 이 역시 웃으면 기분을 좋아지게 하는 물질인 엔도르핀, 도파민, 세로토닌이 생성되어 획기적으로 치료가 이루어지는 것을 볼 수 있다.

거리가 상당히 먼 곳에서도 강의 요청이 왔다. 무주구천동, 창원에 있는 경상남도 교육청, 동해시 농업기술센타 등 많은 곳을 다녔고 아직도 기억

에 생생히 남는 곳이 있는데 바로 충주구치소였다. 재소자들에게 금연교육 한 시간, 웃음 치료 한 시간, 두 시간을 강의해달라는 요청이 들어왔다.

전날 밤, 잠이 잘 오질 않았다. 징역 사는 사람들에게 '자! 웃어봅시다.'라고 한다면 그들이 과연 웃을 것인가. 웃자고 했는데 안 웃으면 그보다 더 난감한 일은 없는 것이다. 구치소에 도착하여 수속을 마치고 들어가면서 몇 군데의 문을 통과하면서 검색을 하고 그들이 기거하는 감방까지 갔다.

교회로 쓰고 있는 장소에 도착하여 첫 시간에 금연교육을 했다.

시작하자마자 한 사람이 일어나서 질문이 왔다. "강사님! 저희는 징역살고 있는 사람들이라 담배는 구경도 못하는데 우리보고 금연하라고 금연교육을 하다니, 이건 사람을 놀리는 겁니까, 무엇하는 겁니까?" 생각지도 못한 질문에 정신이 멍해졌다.

'하나님! 도와주십시오.' 하는 순간의 기도가 나왔다.

"네 질문 감사합니다. 그런데 여러분, 이곳에 계속 있을 겁니까? 아니지 않습니까? 한 달 후에도, 석 달 후에도, 아니 일 년 후에도 나가실 것 아닙니까? 출소하는 날, 생두부 먹고 나면 그동안 굶어왔던 담배 한 가치 물어 보는 것이 꿈이지 않습니까?

그래서 담배가 얼마나 해로운 것인지 알게 되고 또 여러분들은 이미 금단 증상을 겪으며 이기신 분이기 때문에 출소하시면서 다시는 담배를 입에 대지 않게 하려는 것입니다."

지금 생각해도 기가 막히게 답변을 잘했다고 생각한다. 순간 기도를 하니 지혜를 주신 것이라 생각하며 감사하고 있다. 답변이 끝나자 질문한 사람은 민망한 표정을 지으며 "네, 잘 알겠습니다." 라고 말했다. 그날도 강의가 잘 진행되었다.

걱정했던 웃음 치료는 사회의 어느 누구 못지않게 신바람 나게 웃으며 쌓여진 스트레스를 확 풀어버리는 보람찬 시간이었다. 방송에도 여러 번 녹화 또는 생방송으로 출연해 많은 사람에게 웃음 치료와 금연의 중요성을 알리게 됐다.

SBS 방송국 생방송 모습

4. 청주대학교 평생교육원 강사

　청주대학교 평생교육원에 웃음 치료강좌를 개설하고 모집하였는데 기적이 일어났다. 70여 명이 몰려와 등록한 것이다.

　강의실이 모자라서 결국 지하 강당에 모여 강좌를 시작했다. 1기, 2기 수료생을 내며 한국직업능력개발원에 등록하여 정부에서 인정하는 정식민간 자격증을 주게 되었다.

　웃음 코칭 강사 자격증, 웃음 레크리에이션 강사 자격증, 유머스피치 명강사 자격증 모두 세 가지 자격증을 등록하고 현재까지 자격증을 취득한 사람이 400여 명 정도는 되는 것 같다.

　지금 생각하면 참으로 용감했던 것 같고 그때 수강한 분들에게 미안한 생각이 든다.

　그때만 해도 별로 크게 아는 것도 없이 진행한 프로그램이 지금 일취월장하고 있는 내용과 방법을 비교하면 모자라도 한참 모자란다는 것을 느끼기 때문이다.

　웃음 치료를 하면서 남의 책을 가지고 교재로 사용하였다.

　내가 집필한 책이 있어야 하겠다는 생각이 들었으나 아직은 컴맹이고 광고업을 할 때 여직원이 만들어 준 PPT 자료를 가지고 강의를 하니까 남들은 내가 그래도 뭘 좀 하는 줄로 착각하고 있었다.

　여름 방학에 교사로 근무하는 막내에게 컴퓨터사용법을 배웠다. PPT 만드는 법도 대충 배우니까 자신감이 생기기 시작했다.

　그때부터 책을 발행하기 위한 원고 제작에 들어갔고, 겨울부터 용감하게 '웃음의 힘'이라는 제목의 웃음 치료교재를 독수리 타법으로 컴퓨터를 치기 시작하여 1년 만인 2010년 11월 30일 책을 출간하게 되었다.

월간인물 2017년 12월호에 실린 내용

　컴퓨터 실력도 일취월장하여 지금은 '감동과 교훈을 주는 배꼽 유머'라는 유머집과 '유머 스피치 강의 법'을 발간했고, 지도자들을 위한 리더십 과정을 운영하면서 대화법, 강의법, 회의법, 인사말, 축사법 등을 강의하게 되었으며, PPT 자료도 동영상부터 모든 교재를 편집 제작하고 오히려 우리 수강생들에게 교육하고 있다.

웃음치료로 행복을 전하다

"억지로 미소를 지어도, 박장대소를 터뜨려도 건강이 매우 좋
으며 행복한 마음으로 바뀌게 됩니다. 특히 아침에 웃는 한바
탕의 웃음은 열 첩의 보약보다 더 큰 효과를 가져다주죠. 하
루 15초만 웃어도 호르몬 작용으로 생명이 이틀이나 늘어난
다는 말이 있어요. 웃음을 만나면 행복한 인생을 가꿀 수 있
는 원동력이 생긴답니다."

최근 조사 결과에 따르면 우리나라의 6명 중 1명은 우울증
을 경험하고 있다고 한다. 우울감에서 벗어나 행복을 찾는 사
람들이 많아지는 가운데, 인생을 행복하게 설계할 수 있는 '웃
음치료'가 큰 주목을 받고 있다. 청주에 위치한 청주웃음치료
연구소는 웃음치료 강연은 물론이고, 지도자 양성, 유머 강의
법, 금주·금연 강연을 통해 건강한 웃음을 전하는 기관이다.
이곳의 나상길 소장은 15년째 청주대학교 평생교육원부터 병

원, 구치소, 센터, 학교 등 각종 단체에서 웃음치료 강연으로
바쁜 나날을 보내고 있다.

웃음치료를 접하기 전, 30여 년간 공무원, 사업가로서 활발
하게 활동했던 나 소장은 어느 날부터 돈보다 더 귀중한 가치
를 얻고 보람찬 인생을 살고 싶었다고 회고했다. 금연 교육을
시작으로 강사로 첫발을 들였던 그는 더욱 재밌게 이야기를
전할 수는 없을까 고민을 거듭했다. 재미있게 강의를 해야 일
류강사로 거듭날 수 있다는 생각으로 바쁜 일상의 시간 중에
서 시간을 내어 멋지고 재미있는 강의를 위하여 유머를 공부
하면 나 소장은 우연히 신문에서 '웃음치료'를 발견하고, 수
소문 끝에 수업을 들을 수 있었다. 당시 그는 환갑을 바라보
는 나이지만, 배움에 늦은 나이란 없었다. 연구를 거듭해 나
소장만의 유머를 동반한 웃음치료는 70대 중반의 노인임에
도 10대 청소년부터 80대 암 환자까지 그들의 마음속에 행복

148 DECEMBER

어느 10월 말 한 사람이 어두운 밤에 산길을 걸어가다가 바위에 미끄러
지면서 절벽으로 굴렀다. 기적같이 떨어지지 않고 소나무를 붙잡고 매달
렸다.

깜깜한 밤이라 밑에 절벽이 얼마나 되는지 알 길이 없었다. 시간이 지나
면서 공포와 죽음의 그림자가 엄습해옴을 느끼고 소리쳤다.

161

"사람 살려! 거기 누구 좀 없어요?"

아무리 소리를 쳤으나 산골길에 누구도 인기척이 없었다.

팔에 힘이 점점 빠져가는 것을 느꼈지만 놓치면 죽는다고 생각하며 용케 새벽을 맞이하고 희미하게 보이는 아래를 내려다보고 너무도 기가 막혀서 잡은 손을 놓치고 기절할 뻔했다.

불과 1m도 안 되는 아래에 부드러운 낙엽이 융단처럼 쌓인 평지가 있었다. 얼마나 기가 막힌 일이었는지 그의 황당함이란 상상해 볼 만하다.

독일의 대 문호 괴테는 이렇게 말했다. '아름다운 삶을 살려면 지나간 일로 걱정하지 말고, 사소한 일로 화내지 말라, 항상 현재를 즐기고 모든 어려움은 신께 맡겨라.'라며 걱정근심은 신에게 맡기라고 했다.

성경에는 "너희가 걱정하므로 키를 한 치라도 더 할 수 있느냐?"라고 기록되어있다.

1m도 채 안 되는 아래를 나뭇가지에 의지하고 밤새 몸부림치는 사람들이 우리 주위에는 없기를 소망한다.

도전하자. 해 보지도 않고서 미리 겁내고 걱정하지 말자. 모든 것을 신에게 맡기고 나는 열정적으로 최선을 다하는 인생을 살면 길은 활짝 열리게 된다.

-징기스칸의 매

중국을 통일하고 유럽까지 정복한 징기스칸은 사냥을 위해 매일 어깨에 매를 데리고 다녔다.

그는 매를 사랑하여 마치 친구처럼 먹이를 주며 길렀다.

하루는 사냥을 마치고 지친 몸으로 왕궁으로 돌아오는 길이었다.

그는 목이 몹시 말라 물을 찾았다.

가뭄으로 개울물은 모두 말랐으나 마침 바위틈에서 똑똑 떨어지는 샘물

한국일보 2005년 12월 6일

'스트레스가 병 유발' 입증

호주 연구소 "호르몬이 면역체계 파괴"

'스트레스가 병을 일으킨다'는 속설이 호주 연구진에 의해 과학적으로 입증됐다고 AFP통신이 5일 보도했다. 호주 시드니의 가번의학연구소 연구팀은 스트레스를 받는 동안 몸에서 생성되는 뉴로펩타이드 Y(NPY) 호르몬이 신체 면역 체계를 약화시켜 질병을 유발한다는 것을 밝히고 이 같은 연구결과를 이날 발간된 의학전문지 '실험의학 저널(JEM)'에 발표했다.

연구팀의 파비안느 맥케이 교수는 "스트레스를 받으면 신경세포가 평소보다 많은 NPY를 분비하고, 이 NPY가 혈류로 들어가 면역 세포가 병원균을 찾아 파괴하는 기능을 방해한다"고 설명했다. 연구팀은 NPY가 혈압과 심장박동에 영향을 준다는 것은 이미 알려져 있으나 면역체계에도 영향을 미친다는 사실을 새롭게 발견함으로써 스트레스와 관련이 높은 질병을 예방하는 길이 열리게 됐다고 강조했다.

과학자들은 감기와 우울증, 암분 아니라 류머티즘성 관절염, 다발성 경화증, 크론병, 제1형 당뇨병, 루프스 등의 질병이 스트레스와 깊은 관계가 있는 것으로 보고 있다.

맥케이 교수는 그러나 "NPY의 영향을 줄이는 약을 개발하려면 수년이 걸릴 것"이라며 "요가나 충분히 휴식을 취하는 등 생활습관 개선을 통해 스트레스를 줄이도록 노력하는 게 병을 예방하는 최선의 방법"이라고 충고했다.

문향란기자 iami@hk.co.kr

을 발견할 수 있었다.

그는 바위틈에서 떨어지는 물을 잔에 받아 마시려고 하는데 난데 없이 바람 소리와 함께 자신의 매가 그의 손을 쳐서 잔을 땅에 떨어뜨렸다.

물을 마시려고 할 때마다 매는 물을 마시지 못하게 방해하자 징기스칸은 몹시 화가 났다.

"아무리 미물이라도 주인의 은혜를 모르고 이렇게 무례할 수가 있단 말인가?"라고

말하면서 한쪽 손에 칼을 빼어 들고 다른 손으로 잔을 들어 똑똑 떨어지는 물을 받았다.

잔에 물이 차서 입에 대자 다시 바람 소리와 함께 매가 손을 치려고 내려왔다.

징기스칸은 사정없이 칼로 매를 내려쳤다.

그가 죽은 매의 머리가 날아가자 바위 위를 보게 되었는데

거기에는 죽은 독사의 시체가 샘물 안에 썩어 있었다.

그는 자기가 화를 내서 그만 매를 죽인 것에 대해 크게 후회했다.

그는 죽은 매를 금으로 동상을 만들어 양 날개에

'분개하여 판단하면 반드시 패하리라'

'조금 잘못한 듯 보여도 벗은 벗이다' 라고 새겨 넣어 평생의 교훈으로 삼았다고 한다.

화를 내는 것은 자칫 일을 그르칠 뿐 아니라 대의를 이루지 못할 수도 있는 것이다.

세상에서 가장 현명한 사람은 모든 사람으로부터 배울 수 있는 사람이며 가장 사랑 받는 사람은 모든 사람을 칭찬하는 사람이며 가장 강한 사람은 자신의 감정을 조절하는 사람이다.

5. 종중 활성화에 도움이 되다.

우리 집안은 시조의 선계가 나주 나씨다. 안정나씨 세보에 의하면 시조를 나천서羅天瑞 공으로 하여 고려공민왕 때 삼중대광三重大匡 문하시중門下侍中을 (오늘날 국무총리)지내고 1370년 공민왕19년 안정백安定伯에 봉해 졌으며 다시 안천군安川君에 봉군 되었다.

이성계와 더불어 요동의 동령부를 평정하고 아사餓死직전의 군사를 구해낸 공로로 경상북도 안정현을 식읍지로 하사받아 나주에서 안정으로 이관하게 되었다.

고려의 국운이 다하므로 두 임금을 섬기지 않겠다는 충절로 아들인 합문지후 직경閣門祗侯 直卿공과 야은 길재吉再와 더불어 두문동과 금오산에 은거하였다.

안정현으로 내려와 고려재상으로서 불사이군의 절의를 지켰으므로 개성의 고려 충신들이 모였던 두문동 72현이며 두문동 서원과 비중리 홍양사에 배향되었다.

그리하여 후손들은 그를 시조로 하고 안정을 본관으로 삼아 대를 이어오며 훌륭한 후손들이 많이 배출되어 가문의 융성을 이어왔다.

6세 조부는 충정공 나사종羅嗣宗장군이다. 성종조에 여진족의 침공이 더욱 잦아지므로 이에 오랑캐들을 진압할 문무겸전文武兼全한 인재를 천거하라. 하니 충청 관찰사가 6세 조부 충정공을 추천하여 공의 직급을 5계급 특진으로 높여 경흥부慶興府 도호부사都護府使에 특채하여 경흥부에 도임하였다.

성종21년(1491년)정월, 여진족의 추장 우지거于知車가 다시 철기병 5천여 명을 거느리고 경흥 땅에 다 달아서 제멋대로 백성들을 죽이고 노략질을 하였다.

그때 공은 수십 명의 군졸을 모아 야밤에 화공을 쓰므로 적을 속여 5천명 철기병鐵騎兵의 절반 이상을 도륙하였다. 그러나 날이 새자 이에 속은 것을 알게 된 적군 수백 명이 매복하였다가 급습을 하였다. 지원군을 요청했으나 오지 않았고, 죽기 살기로 전투를 벌였으나 중과부적衆寡不敵으로 군졸들과 함께 장렬히 전사하였다.

나사종 장군 아들인 운걸云傑은 여진정벌에 백의종군白衣從軍하여 부친의 원수를 갚고자 하였으나 뜻을 이루지 못하자 부친의 3년 상이 마치는 날 자결하였다.

운걸의 아들 빈濱과 린潾 형제도 효성이 깊어 수차례 여진정벌에 나섰으나 뜻을 이루지 못하여 부친 3년 상이 끝나는 날 스스로 목숨을 끊으니 3대, 4명이 모두 제삿날을 같이하는 세상에 없는 특이한 일이 되었다.

나사종 장군은 숙종43년(1717년)에 여진 정벌의 공으로 병조판서에 추증되고 충정忠貞의 시호諡號가 내려졌고 아들 운걸과 손자 빈과 린은 숙종33년 판서로 추증되었다.

이로서 고향인 비중리에 숙종 임금으로부터 삼세 충효비가 내려졌고 삼세충효문의 정려旌閭를 받아 충청북도 유형문화재 제40호로 보존하고 있다.

대전시 월평동에 안정나씨 대종회 종중회관이 있다.

충북 유형문화재 40호 삼세충효문

5층짜리 건물에서 종중 사무를 관리한다. 전국에 산재해 있는 선조들의 묘소를 보존, 관리하고 아울러 많은 종중재산을 관리한다. 둘째 형님이 연세가 들어 종중 일에 관심 갖기가 어려워 내가 종중의 운영위원이 되어서 종중 일을 하였고, 20년이 넘게 운영위원으로, 부회장으로서의 직임을 감당하며 회장을 보필하고 있다.

항렬도 있고 나이도 들어가면서 회장에 출마하라는 권유를 수차례 받았다. 그러나 그때마다 나는 굳건히 사양했다.

교회에 장로의 직임을 수십 년 수행하면서 사방에 모셔진 선조들의 시제를 지내는 일, 또는 홍양사(사당)의 제를 향교 유림들과 지내는 일, 이 모든 것을 수행하는데 앞장서야 하므로 결코 할 수 없는 일이었다.

그래서 9년을 운영위원으로, 10년이 넘도록 부회장으로 종중의 제반 사항을 직임을 다하며 회장의 일을 힘껏 돕고 있다.

무슨 이권단체도 아닌데 서로 회장을 하려고 안달이 나서 치열한 경쟁을 펼치기도 하며 서로 네 패, 내 패, 패를 갈라서 많은 종원을 동원하여 표 행사를 하는 볼꼴 사나운 일도 자주 벌어지곤 한다.

회의하는 방법도 잘 몰라서 소리 지르고 생떼를 쓰면 이기는 것으로 착각하는 무식한 사람들도 더러 있다.

그래서 몇 해 전에는 회의법을 한 시간 강의했다. 너무 어렵다는 평을 받으면서도 그래도 회의의 원칙과 규칙 등을 알려주는 좋은 기회가 되기도 하였다.

6년 전 청주 종중회의에서 거의 반강제적으로 회장직을 맡았다. 전임에 선출한 회장이 3년이 지나도록 회의 한 번도 하지 않고 직무를 등한히 했다.

그렇다 보니 맡아서 할 만한 사람이 나밖에 없었다고 한다.

우리 청주 종중은 종중재산이 별로 없었다.

그러나 요즘 분위기는 좋았다. 종중회원 단합을 위해 격년으로 한마음 축제를 열고, 그 사이에 관광을 하기로 종원들의 뜻을 모았고 실행에 들어갔다.

꽃피는 4월로 날짜를 정하고 장소는 홍양사 마당으로 정했다. 경품을 준비하고 줄 달리기, 비치볼 배구, 제기차기, 윷놀이, 등 다양한 순서를 준비하고 선조들의 업적에 대한 교육을 했다.

처음으로 실시한 대회지만 철저히 준비하고 홍보하므로 150여 명이 모여서 흥겨운 만남의 잔치를 열고 흡족해하며 헤어졌다.

그다음 해는 관광을 떠나 아들, 손자, 며느리, 온 가족들이 모이게 하여 대청댐에 가서 회를 먹으며 재미있고 유익한 시간을 가졌다. 모든 모임에 선조들에 관한 교육은 필수로 들어갔다.

며느리들조차도 자기의 시집에 관해 잘 모르다가 상세한 것을 알게 되니 우리 집안에 대한 자부심이 생겼다며 자랑스러워했다.

2차 단합대회는 더 성공적인 대회로 끝났다. 사방에 흩어져 있던 가족 친지들이 모여 옛날 어렸을 때를 회상하며 이야기를 나누고 부침개도 구워먹고 점점 분위기가 좋아지고 있다.

아울러 종중에 대한 애착을 가질 수 있도록 만드는 좋은 기회였다고 생각한다.

조상들이 물려준 종중재산을 잘 보존하고, 산소도 잘 관리하고 제를 정성들여 모시는 것도 중요하지만 더 중요한 것은 자손들이 서로 연합하고 조상들의 충·효 정신을 계승 발전시키는 일이라고 생각한다. 그래서 모임이 있을 때마다 어려워도 빔프로젝트까지 동원하여 영상으로 선조들에 관한 역사와 업적을 되도록 재미있고 알기쉽게 알려 주려고 애쓰고 있다.

여섯 분의 선조들의 신위가 봉안된 안정나씨 사당인 홍양사

　2012년 5월에 대전 유성구 금고동의 산을 개발하면서 안정나씨 종중 묘를 이장하는 일이 있었다.

　그 과정에서 조선시대 미라 4기, 한글편지 2점, 기타 장삼과 의례용 치마, 현존하는 가장 오래된 배냇저고리 등 출토 유물 약 150점이 발견되었다. 여기서 발견된 한글편지 2점은 우리나라에서 발견된 가장 오래된 한글편지로 신문, 방송을 통해 널리 알려졌고, 대전역사박물관에서 출토된 유물과 함께 전시회를 열기도 했다.

　1490년경에 우리 충정공 할아버지의 조카인 나신걸 공이 지금의 함경도 경성지방에서 군관으로 복무하는 도중 아내인 회덕 온양댁 신창 맹씨에게 보낸 편지고, 한 통은 군관으로 부임해 가면서 부인 신창 맹씨에게 안부와 함께 농사와 소작 등의 여러 가정사를 두루 챙기는 내용이 들어있다.

　나머지 한 통은 당시 군관 등 남성들이 입던 포인철릭(조선 시대, 무관이 입던 공복의 하나)을 보내달라는 이야기와 함께 자기 부인을 위해 분과 바늘을 사서 보낸다는 사랑 내용의 편지였다.

우리나라에서 가장 오래된 한글편지

출토된 명기들

6. 숭조당崇祖堂 건립

우리 집안은 홍양사鴻陽祠라는 사당을 건립하여 선조 중 업적이 훌륭한 여섯 분의 신위를 이곳에 모시고 있다.

매년 음력 9월 1일 자손이 아닌 청주향교의 유림儒林들이 제향을 올려주고 있다.

자랑스러운 선조들이 계셨기에 내 자손도 아닌 유림들이 제향을 매년 올리고 있는 것에 대해 자랑스럽게 생각한다.

둘째 형님이 종중에 관심을 가지고 족보편찬위원으로 활동을 하는 등 종중 일을 하였기 때문에 나는 나이도 어렸고 별로 관심이 없었다. 그러나 형님이 연세가 들고 나도 나이가 50줄에 접어들면서 차차 관심을 갖게 되었다.

할아버지도 막내, 아버지도 막내, 나도 막내, 위의 선계들도 막내가 많으므로 집안 항렬이 상당히 높다.

그러다 보니 고향에서 같이 컸던 친구들이 대부분 손자뻘이 되므로 곤란할 때가 많았다.

우리 지파인 승지공파의 회장직을 맡게 되어 우선, 할 일이 종중 재산관리가 중요한 것을 알게 됐다.

형님과 더불어 개인 명의로 되어있는 재산을 모두 종중 명의로 정리를 마쳤다.

1996년에는 종중단합을 위해 버스를 대절하여 선조의 선영을 방문하고 종중납골당을 만들자고 제안했다.

그러나 그때만 해도 납골당이 별로 활성화되기 이전이라 반대 여론이 많았다. 반대하는 사람들이 있는데 이 일을 강행했다가 집안에 무슨 불상사나 일어나면 그래서 그렇다느니, 오래된 산소를 건드리는 것이 잘못됐다는 원망을 들을 수도 있으므로 시간을 두고 분위기를 만들어 나갔다.

거의 10년이 지난 후 우리 집안 큰집인 나기정 청주시장이 납골당인 영안당永安堂을 완공하고 준공하기에 이르렀다.

국내의 분위기도 납골당을 설치하는 추세에 이르고 있기에 종중회의를 소집했다. 납골당의 필요성을 잘 설명했다.

한집안 선조들과 자손들이 한곳에 모이면 관리도 쉽고 자손들이 벌초 때 한자리에 모이므로 친목도 도모하는 일거양득의 기회라고 했다. 한 사람이 강경하게 반대했으나 모두가 찬성으로 의견이 모아졌다.

결국 반대하던 종원도 다른 사람들이 다 찬성하면 나도 찬성하도록 하겠다는 의사를 표명하자 즉시 채결을 하고 결정을 했다. 비용은 사방에 산재해 있는 종중 산과 종토를 매매해서 충당하기로 하고 즉시 업자를 선정하고 설계를 했다.

이왕이면 대규모로 하자는 의견에 의하여 700기로 결정하고 종중 재산도 매각하기 시작했다. 장소는 미원면 대신리 선산으로 정하고 지관을 불러서 자리를 골랐다.

마침 종원이 운영하는 석재회사가 있어 염가에 제작을 했다. 모든 재료

173

는 100% 돌로 하고 사방 벽과 천정, 바닥까지 돌을 2겹으로 하며 중간에 10cm의 공간을 두어 숯을 채웠다.

숯은 습기를 막아주고 잡냄새를 제거하며 방부효과와 공기정화 기능이 있기에 숯을 채우게 되었다. 지붕에는 창을 만들어 빛이 일부라도 들어오도록 하고 왕릉처럼 지붕에 흙을 덮고 잔디를 입혔다. 공중에서 촬영해도 봉분이 모든 석재를 덮어서 흉물스런 돌집이 안 보이고 묘지처럼 보이도록 했다.

얼마 전에는 전기가 들여와 바닥에 깔아놓은 카펫 청소도 하고 제습기를 설치해 여름철 장마 때는 습기 제거에 힘쓰고 있다.

아래에는 주차장을 만들어 차를 20대 이상 주차하도록 했고 관리 도구를 보관할 수 있도록 조립식으로 창고도 만들었다.

계단식 화단을 만들어 상당히 많은 영산홍을 심었다.

요즘 꽃피는 5월 초에 가보면 영산홍이 만발하여 바람이 불면 넘실대는 꽃 바다를 이루었고 보는 사람들마다 잘했다고 감격해 하며 많은 사람들이 견학을 다녀가기도 했다.

납골당의 이름을 숭조당崇祖堂이라 지었고, 700기를 모실 수 있는 규모인데 2020년 현재 약 250기의 유골함이 안치되어 있다.

앞으로 100년 동안은 자손들을 안치할 수 있을 것으로 생각한다. 내가 앞장서서 한 일이기에 보람을 느끼게 되었고 들어오지 않는다고 반대했던 자손들도 잘 조성된 모습을 보고 조상들과 온 가족이 다 들어 왔다.

지금도 매년 추석 전에 자손들 5~60명이 모여 벌초를 하고 모인 김에 종중 총회도 한다.

나는 적어도 한 달에 4~5번 이상은 숭조당을 찾아 둘러보고 풀도 뽑고 제초제도 뿌린다. 어떤 때는 해가 진 후 찾아가면 캄캄하다. 나는 비가 많이 내리는 날이면 거의 숭조당을 찾아간다. 장마철이 되면 많은 물기가 유

입되어 습기가 찬다. 그래서 제습기를 켠다.

비 오는 날 들어가면 침침하니까 빨리 전기를 켠다. 어떤 때는 늦은 오후에 가서 잡초라도 뽑고 일을 보다 보면 해가 진다.

그래도 컴컴한 내부를 둘러보고 나온다. 사람의 사후를 깨달으면 무섭거나 두렵지 않다.

우리 조상이고 집안사람들의 유골이며 사람은 죽으면 흙으로 돌아가고 아무것도 모르며 한 줌의 재가 되어 유골함에 들어있는데 무슨 두려움이 있겠느냐는 생각이 들었기 때문이다.

영산홍이 만개한 숭조당

7. 뿌리공원에 조형물을 제작

　대전시 중구 침산동에 뿌리공원이 있다. 이곳은 민과 관이 유기적인 협조 체계를 구축하여 조성하였다.

　자신의 뿌리를 알게 하고, 경로효친사상을 함양시키고, 한겨레의 자손임을 일깨우기 위한 목적이다.

　세계 최초로 각각의 성씨를 상징하는 조형물을 세운 충효의 산 교육장이며 성씨별 역사와 유래를 알 수 있도록 되어있다.

　성씨 조형물 136점이 웅장하게 서서 자신을 찾아오는 후손들을 맞는다. 강씨부터 남양 홍씨까지 각 조형물들에는 136개의 성씨와 그 성씨의 유래 등 읽을거리가 풍성하게 새겨져 있다.

　조형물들을 헤치며 보물을 찾듯 조심조심 길을 걷다 보면 23번에 나의 성씨 조형물을 만나게 된다.

　타향에서 맥을 짚어주는 의관을 만난 것 같다. 큰 돌일 뿐이지만 만져보면 피가 도는 것처럼 따스한 온기가 느껴진다.

우리 안정나씨 종중에서도 이를 제작하기 위하여 조형물의 디자인에 들어갔다. 이 일에 내가 빠질 수가 없었다.

며칠을 열심히 연구하며 조형물 디자인과 설계를 완성했고 최종심사에서 내 작품이 선정되었다.

두 개의 기둥과 연결된 가지는 조상과 자손의 관계를 뜻한다.

이는 몸에 연결된 신체의 각 부분인 지체를 상징한다. 곧게 뻗은 두 기둥은 충정과 기상의 상징이며 두 개의 둥근가지는 자손들의 연합과 원만한 성품을 나타내었다.

앞뒤에서 보아도 모두 한글로 나자를 형상화하였다. 두 개의 기둥과 가지는 선조와 자손을 뜻하고, 화합과 연합을 상징하기 위하여 나자의 글자가 서로 마주보는 형상을 디자인하기에 이르렀다.

몇 군데의 석재공장을 알아보고 견적을 받았다.

규정된 조형물의 높이가 5m 이내기 때문에 그보다 적게 할 수는 없었고 5m되는 통돌을 구하기가 힘들었다.

옥천에 있는 보령석재로 최종 결정하고 포천석 통돌을 구하여 작업을 착수하고 수차례 방문하며 감독을 했다.

드디어 제작이 완료되어 내가 설계한 작품이 뿌리공원에 설치 완료되고 종원들이 모여 준공식을 하였다.

다른 성씨들의 조형물은 유명한 디자이너가 설계한 작품들이 많이 있는데 우리는 자손인 내가 디자인하고 설계해서 설치한 것이기 때문에 마음이 더욱 뿌듯함을 느꼈다.

많은 종원들의 입에서 어느 다른 성씨의 조형물 보다 결코 뒤 떨어지지 않는다는 평을 받았을 때 기분이 좋았다.

자신의 성씨에 대한 유래를 알 수 있는 성씨별 조형물, 각종행사를 할 수 있는 수변무대, 전망대, 팔각정, 삼림욕장, 육각정자 등 다양한 시설도 갖추어져 있으며, 2010년 4월 전국 최초로 한국족보박물관이 개관 운영되고 있다.

　뿌리공원에 위치한 한국족보박물관은 우리나라 유일의 족보 전문박물관으로 5개의 상설 전시실과 1개의 특별전시실로 구성되어 있으며, 족보의 체계, 역사 등 족보를 비롯한 전통 문화와 가족생활사에 관계된 다양한 유물을 전시하고 있다.

대전 중구 침산동에 있는 안정나씨 조형물 23번

VI.

내 인생 최고의
마음 아픔

1. 아내의 인공관절 수술

아내는 키가 165cm가 되는, 젊어서는 키 큰 아줌마라는 소리를 들었다. 풍기는 인상이 여성스럽고 품위가 있어 보인다는 말을 자주 들었다.

지금이야 원래 큰 사람이 많지만, 옛날에는 그 정도면 키 크다는 소리를 들을 수 있었다. 그런데 체력은 원래부터 약했다.

젊어서는 위가 좋지 않아서 먹은 것을 잘 소화하지 못하므로 마른 체형이었다.

포도 농사를 하고 2년째 되던 해 포도가 우수 달렸다. 포도 요법이 유행하고 있는 때라 책을 사서 잘 읽어가면서 우리 내외가 포도 요법을 시작했다.

포도만 조금 먹고 밥을 먹지 않는 포도 금식이라 어려움이 있었으나 3일이 지나면서 차차 견디기가 쉬워졌다. 15일을 채우고 보식에 들어갔다.

포도 요법이 끝나고 신기하게도 내가 앓던 비염이 사라지고 아내의 위장병도 없어졌다. 그러나 3~4개월 지나자 나의 비염은 다시 시작됐다. 그 후로도 해마다 몇 번을 포도 요법을 했다.

아내는 위장병이 거의 완치가 되었다. 위는 비어 있으면 작동을 멈추게 되고 포도에 들어있는 항산화 물질이 이를 치료해 주기 때문에 위장병에는 특효라고 한다.

포도밭 일이 한참일 때 아내가 다리가 아프다고 했다. 한의원 다니며 침도 맞고 여러 가지 요법을 다 했으나 별 소용이 없었다.

류마티스성 관절염이라는 진단을 받고 들리는 소문에 의해 증평에 있는 한 병원을 찾아갔다.

연로한 환자들이 문전성시를 이루고 있었고 나이가 80도 훨씬 넘어 보이는 의사가 진찰하고 다리 관절에 주사를 놓았다.

얼마 지나지 않아 다리가 멀쩡하게 회복되었다. 며칠 지나서 아프면 다시 가서 주사를 맞았다. 이것이 내 일생에 가장 크게 후회하는 큰 실수가 될 줄은 꿈에도 모르고 의학상식이 없는 나로서는 그 일을 도운 장본인이 되었다.

나중에 알게 된 사실은 다른 병원에서는 자주 놔주지 않는 스테로이드 주사제였다.

결국 몇 해 지나면서 무릎 연골이 다 녹아 뼈가 서로 닿는 지경에 이르게 되었다.

심할 때는 자기 손으로 밥도 가져다 먹지 못하는 어려움이 있었다. 한 번은 오후 두 시가 넘어서 아내에게서 전화가 왔다.

"나 밥 좀 가져다주고 가요, 배고파 죽겠어." 이 소리를 듣고 부리나케 집으로 달려가 아내의 점심밥을 차려 주면서 뜨거운 눈물을 흘렸다. 결국 다 닳아버린 연골을 재생할 수 없다는 진단을 받고 고려대학교 구로병원에 입원하여 정밀검사를 받았다.

이때 아내의 나이가 50세였다. 이때만 해도 무릎관절 수술 기술이 많이 발달해 있지 못한 실정이라 믿을 만한 큰 병원에서 수술을 받기로 결정하고 한쪽 다리를 인공관절 삽입수술을 하고 한 달 후 쯤 퇴원을 했다.

3개월 동안은 발을 땅에 밟으면 안 된다는 교수의 처방에 따라 3개월을 휠체어에 의지했다.

지금이야 수술 후 며칠만 지나도 걷는 연습을 하는데 그때는 그렇질 못했다. 몇 년 후 한쪽 다리마저 수술하는 등 말 못 할 고생을 했다.

그래도 수술 후 일상생활이 어느 정도 가능해져서 힘든 일은 못 하지만 아쉬운 대로 간신이 살림을 꾸려나갔다.

인공관절은 수명이 대개 15년 정도라는 말을 듣고 아끼려고 애를 썼고 사실 제대로 활동하기가 어려우니까 저절로 아끼게 되었다. 그러나 15년 정도 지나면서 검사를 한 결과 연골이 다 닳아서 다시 양쪽 다리를 재수술하고 인공관절을 삽입했다. 어려운 수술을 한번 하기도 어려운데 두 번을 했으니 그 어려움을 짐작할 수 있었다.

허리도 아파서 검사한 결과 경추 협착증이 심해서 수술을 해야 한다고 해서 서울 힘찬 병원에서 수술하는 어려움을 겪었다.

류마티스성 관절염은 전신성이라 특별한 치료법이 아직은 개발되지 않은 병이라 계속해서 스테로이드제를 복용해야 했다.

그 약이 결코 좋지않은 약이라 되도록 최소한의 양으로 줄여서 먹었다.

그래도 회갑 이전에는 건강을 잘 유지하는 편이었다.

그래서 아이들의 주선으로 조카들까지만 초청해서 뷔페에서 회갑연을 열었다. 조카들까지도 절대 축의금은 사양했다.

원래 회갑의 의미는 옛날에 수명이 짧았을 때 회갑까지 살면 장수했다는 의미로 자손들이 당사자의 친구나 친지들을 초청해서 잔치를 벌이는 것이었는데 이 뜻이 변질되어 청첩장을 보내고 축의금을 받는 것은 잘못된 것으로 알고 있다.

아이들 주선으로 마련한 조촐한 회갑연

2. 피 마르는 아내의 질고

  회갑이 지나고 몇 해 후 어느 날 저녁 친목회 모임이 있어 저녁을 먹는데 막내에게서 전화가 왔다. 엄마가 얼굴이 이상하다고 했다.
  즉시 집으로 달려왔는데 얼굴에 마비가 오는 것이 얼른 봐도 감지되었다.
  한방병원으로 달려가 입원을 하고 치료를 받았으나 며칠이 지나도 소용이 없었다.
  안면 근육이 마비가 와서 입이 돌아가는 등 문제가 큰 것이 보였다. 안면 와사에 좋다는 별별 치료를 다 하였으나 소용이 없었다.
  침을 수 없이 맞고, 뜸을 뜨고, 눈 뜨고 차마 볼 수 없는 엄청난 고생을 했다. 한쪽 눈마저 찌그러들어 성형외과에서 수술을 받았으나 잘못되어 2차 수술까지 받았으나 결과는 눈에 흉터만 생기고 말았다.
  침을 많이 맞으며 오염으로 생긴 B형간염까지 발생하여 더 어려움을 가중시켰다. 몇 해가 지나면서 안면 와사는 많이 풀렸다.
  그러나 웃으면 입이 돌아가고 말을 해도 돌아가기 때문에 그 후로는 사람이 많이 모인 곳에는 가기를 꺼려했다. 아무리 나이를 먹었어도 여자는 역시 여자이구나 하면서 이해를 했다.

나에게는 별다른 걱정거리는 없었다. 가지 많은 나무에 바람 잘 날 없다는 말이 있지만 그래도 우리 아이들은 큰 속 썩이지 않고 잘 자라주었다.

그런데 아내의 건강이 우리 집의 가장 큰 걱정거리였다. 우리 집에는 항상 엄마의 건강이 첫째이기 때문에 아이들이 좀 아파도 크게 신경 쓰기가 어려웠다. 그 점은 아이들에게도 미안한 일이었다.

그래도 간신히 차를 이용해 여행도 다니고 해외여행도 캐나다. 하와이, 필리핀 두 차례, 중국도 일본도 몇 차례씩 여러 번 나갔었다.

누님 내외와 필리핀 히든밸리에서 즐거운 시간을 보내기도 했다.

집안 살림살이도 어려운 것은 내가 도와주었다. 감당할 만한 웬만한 일은 자기가 처리를 하며 그런대로 간신히 살아왔다.

누님 내외와 필리핀 히든밸리에서

그러다 협심증이 와서 심장혈관에 스텐트 삽입술을 하고 심장약을 계속 먹으며 유지하였다.

2017년 7월 10일 심장에 스텐트 시술을 한 후 3개월에 한 번씩 심장 약을 처방받으러 병원에 갔다.

담당 의사를 만나기 전 초음파검사를 하고 의사를 만났다. 의사가 깜짝 놀라며 말한다.

초음파검사를 자기가 직접 다시 했으나 염증수치가 너무 높아 입원해야 한다고 했다. 즉시 입원하고 검사에 들어갔다.

심장에 이상이 있는지 의심이 돼서 심장 CT를 찍으려 수 없이 시도해도 심박 수가 높아서 실패했다.

5일이 지나자 환자의 상태가 위험해지고 배가 아프다고 했다. 배가 아프다고 하니까 데리고 가서 X레이를 찍었는데 별 이상이 없다고 했다.

7일째 되는 날 거의 혼수상태에 이르자 서울 큰 병원으로 가야겠다고 의사와 상의하고 수속을 시작했다.

모든 것을 정리하는데 왜 이리 더딘지…. 8일째 오후 4시 20분에 구급차를 타고 출발하여 6시에 서울대학교병원 응급실에 도착했다. 수속을 마치고 9시경에 CT를 찍고 기다렸다.

밤10시가 되어 담당교수에게서 호출이 왔다. 의사 몇 사람이 매우 심각한 모습으로 말했다.

CT검사 결과 장이 천공되어 불순물이 온 장기에 다 퍼져 있으며 너무 여러 날이 지나서 수술해도 생존하기가 어렵다는 것이다.

'하늘이 무너지는 심정이 바로 이것이로구나' 하고 주저앉았다. 수술 도중에 문제가 생기더라도 수술을 해야 하지 않느냐 하고 제발 어렵더라도 수술을 좀 해달라고 간청했다.

결국 새벽 2시에 긴급 수술이 진행되어 5시까지 수술을 마치고 담당교수를 만났다. 최선을 다했고, 너무 늦어서 온 장기가 많이 상해 있어서 다 씻어내고 소독하고 했는데 살고 죽는 것은 본인의 의지에 달려있다고 말했다. 면회 시간이 되어 들어가 보니 정신이 좀 들은 것 같았다.

안도의 한숨을 쉬긴 했지만 그래도 안심할 수는 없는 형편이었다.

며칠 후 들어가 보니 마침 수술 부위를 소독하는데 사방팔방으로 갈라놓은 수술 부위가 얼마나 대단한지 아이들과 함께 눈물을 쏟았다.

목에 인공호흡기를 꽂아서 말 한마디도, 물 한 모금도 취할 수 없는 고통의 중환자실이었다. 28일 만에 일반실로 옮기긴 했으나 아직도 중환자나 다름이 없었다.

일반실에서는 아이들의 도움으로 간병사가 도와주었는데 너무 어렵고 밤잠을 잘 못 자니까 여러 사람이 그만두고 바뀌고 했다. 장을 수술한 사람은 대개 배변주머니인 장루를 차고 생활한다.

처음에는 잘 몰라서 실수를 더러 했으나 차차 익숙해졌다. 수개월이 지난 후 11월 7일 드디어 즐거운 마음으로 퇴원했다.

퇴원할 때 목에 뚫린 구멍을 막지 않고 서서히 막힌다고 해서 그냥 퇴원했다. 퇴원한 후 4개월이 되도록 목의 구멍이 막히지 않아 충북대학 병원 이비인후과에 가서 수술해서 막았다.

그러나 몇 달 지나면서 숨쉬기가 어려워져서 호흡기내과를 찾아가니 수술한 내부에 군살이 생겨 기도를 막는데 수술은 어렵고 스텐트를 넣어 기도를 확보한다는 것이었다.

결국 스텐트 시술을 하면 부작용이 있지만 6개월만 참으며 버틴 후 빼내면 된다는 의료진의 설명을 듣고 시술을 했다. 부작용이 심했다.

밤에는 특히 기침이 심하게 나므로 앉아서 밤을 새우는 날이 많았다.

호흡기 치료기로 계속 치료를 해도 참으로 바라보기도 민망한 고통의 세월을 보냈다. 대장에 연결된 장루에 찬 변은 거의 매일 비워야 한다.

스스로 해결이 어려워 내가 했다. 장갑을 끼면 아내에게 더럽다는 것으로 보일까 봐 장갑을 끼지 않고 했다.

나는 아내에게 그렇게 보이기가 싫었다. 더러는 손에 묻으면 장갑을 끼지 그러느냐고 잔소리를 들어도 닦으면 된다며 물에 씻었다.

지금 생각하면 어린 자식처럼 사랑하는 사람이기 때문에 대변이 묻어도 더러운 줄을 몰랐던 것 같다.

내가 저 아픔을 함께 나눌 수 있다면 얼마나 좋을까 하는 생각이 수없이

187

들었다. 나에게 와서 수 없는 고통의 세월을 보내고 있는 아내, 막내면서도 큰며느리 노릇 다했던 아내다.

온갖 집안일, 대소사를 불평 없이 감당한 사랑하는 나의 아내, 많은 사람의 어려움을 들어주고 상담해 주며 위로해 주고 안아주는 능력이 있었던 아내였다.

그래서 나는 아내를 상담사로 생각했던 괜찮은 사람인데 왜 저런 고통을 감수해야 하는지 눈물이 앞을 가렸다.

3. 의료사고분쟁 조정중재원의 도움

　병원의 실수가 아무리 커도 병원을 상대해서 손해배상을 받는 일이 거의 없다는 이야기들을 많이 한다.

　한국 의료사고분쟁 조정중재원이 있다. 가수 신해철이 의료사고로 숨지자 신해철법이라는 법이 생겨서 요즘은 전과는 다르다는 소식을 들었다. 너무 억울한 생각이 들어 그곳에 전화를 했다.

　우선 병원과 협의를 한 후 안 될 때 연락을 하라는 소식을 들었다. 청주 S병원을 찾아 의무기록, 입원기록 등을 확보하고 담당자를 찾았으나 병원 의무기록을 살펴본 후 병원의 잘못이 전혀 없다는 답변이 나왔다.

　의료사고분쟁 조정중재원에 연락한 후 필요서류를 확보하기 시작했다. 서울대병원의 모든 서류와 청주 S병원의 모든 서류 등 서류를 만드는데 거의 1개월이 걸렸다.

　가족들은 공연히 헛수고만 하는 것 아닌가 하고 염려했다.

　억울한 사연을 두 가지를 들었다. 첫째 배가 아프다고 하는데 왜 X레이를 찍었는가, 그때 CT만 찍었어도 쉽게 발견했을 것인데 말이다.

　둘째, 일주일이 다 되도록 병명이 안 나오고 있는데 속히 상급병원으로 전원을 시키지 않은 것이 병원의 중대한 실수라고 주장했다.

3개월이 되자 중재원에서 연락이 왔다. 이메일로 결과를 송부했으니 열어보라는 것이었다. 즉시 컴퓨터를 켜고 확인했다. 이런 내용이었다.

1. 배가 아프다는 기록이 어디에도 없으므로 이것이 의료진의 실수라고 할 수 없다.

2. 장이 천공되면 3일이 지나면 대개 패혈증이 오거나 사망하는 위험한 질환이다. 결과가 나오지 않아도 속히 상급병원에 전원하지 않은 것은 의료진의 중대한 실책이다. 라는 내용이었다.

즉시 병원에서 속히 만나자는 연락이 왔다. 합의하자는 것이었다.

그러나 내가 손해배상을 청구한 금액의 50%를 준다는 것이었다.

아이들과 협의해 본다고 다음으로 미루고 결국 60%로 최종결정하고 합의를 하였다.

어찌 되었든 병원이 실수를 인정하고 병원을 상대해서 내가 이겼다고 생각하니 마음이 뿌듯했고 아이들도 우리 아빠 참 대단하다고 혀를 찼다.

그렇다고 내가 병원에서 소리한 번 지른 적 없다. 오히려 신사적으로 대해 주어서 감사하다는 병원 관계자의 말을 들었다.

그러면 무슨 소용이 있으랴, 사람은 이것저것 합병증이 와서 생각지도 못한 일로 자꾸 입원하게 되고 고생을 하니 안타까울 뿐이었다.

일상생활에 지치고 시달린 우리의 불편한 마음을 채우고 있는 것은 공허한 마음과 절망과 무력한 자아의 모습이 많다.

그렇다고 신경질 부리고 아파서 몸부림치는 사람의 마음을 괴롭게 해서는 안 된다는 것이 나의 신념이었다.

사람들의 행복과 불행은 하늘 탓이 20%고, 네 탓이 20%고 내 탓이 60%라는 설도 있다. 행복과 불행은 하늘 탓도 남의 탓도 아니고 대부분 내 탓이라는 말이다.

생각을 바꾸도록 노력해야 한다. 모든 것은 나에게 안겨진 십자가로 생각하고 평안한 마음을 가지고 슬기롭게 대처해 나가기로 했다.

인상 쓰고 찡그린 얼굴을 펴기로 맘먹고 그래도 허허 웃으면서 살아간다.

남들은 나를 보고 어쩌면 집에 우환이 있는 사람 같지 않고 쾌활한 모습을 보이느냐고 묻기도 한다.

태연하고 의연한 척하는 것이지, 왜 나라고 속 터지고 답답한 마음이 없을 수 있겠는가.

습관을 바꾸면 건강이 보이고 생각을 바꾸면 행복이 보인다. 라는 표어가 그 답이라고 말하고 싶다.

생각을 바꾸자, 행복은 엄청난 돈이나 명예에 있지 않다. 행복은 내게 있는 것으로 만족하고 내게 있는 작은 것이라도 한 가지씩 비우면 행복이 오는 것이다. 욕심이 없는 사람이 어디 있겠는가.

욕심이 없다면 그것은 거짓에 불과하다. 지나친 욕심 때문에 잘못되어 나라를, 사회를, 가정과 자신을 망치는 사람들이 얼마나 많은가, 아주 적은 부분에서 행복을 찾고 웃음을 찾자.

미국에서 있었던 이야기다. 힘도 세고 근면 성실하고 인간관계까지도 좋은 '존'이라는 미국인 남자 직원이 있었다.

그러나 그의 단점은 늘 부정적인 태도로 사는 매우 비관적이고 무슨 일이 닥치면 두려워하며 정면 돌파를 하지 못하는 소심한 성격의 소유자였다. 어느 가을날 그에게 기막힌 일이 터지고 말았다.

모든 직원이 퇴근한 후 내일의 일과를 위해 점검차 냉동고에 들어갔다가 잘못하여 밖에서 문이 잠기고 말았다. 안에서는 열 수 없었다.

　　자신이 냉동고에 갇혀있다는 사실을 깨닫자 그는 공포에 사로잡혀 목이 터져라 소리 지르고, 힘 있는 대로 발길질을 하며 문을 두드렸으나 불행하게도 직원들은 모두 퇴근한 후라서 아무도 그를 도와줄 수가 없었다.

　　냉동고 안은 무려 영하 30도 정도, 여기서 못 나가면 나는 몇 시간 후면 얼어 죽고 만다. 어떻게 해야 하나. 이 추운 곳에선 몇 시간도 못 버티는데…. 결국 그는 모든 것을 포기하고 넋 놓고 바닥에 주저앉고 말았다.

　　생각 끝에 자신의 이 절박한 사실을 글로 남기기 위하여 펜을 들고 상황을 일일이 기록하기 시작했다. '너무 춥다. 차차 몸이 마비되어 가고 있다. 빨리 나갈 수가 없다면 이것이 나의 마지막 글이 될 것이다.' 라고 썼다. 다음 날 출근한 직원들이 냉동고의 문을 열었을 때 그는 구석에 웅크린 채 죽어 있었다. 검시관의 부검결과 그의 사망원인은 동사였다.

　　그런데 경찰의 조사결과 그 냉동고는 얼마 전 이미 고장 나서 전원이 꺼져 있었던 것으로 밝혀졌다.

　　그가 죽던 날 밤의 냉동고는 밖의 기온 가을 날씨와 거의 같은 기온이었다. 그는 냉동고가 가동하고 있다고 믿은 나머지 스스로를 포기하면서 추위를 느끼게 되고 얼어 죽는다고 생각한 나머지 결국은 동사하고 만 것이다.

'이젠 꼼짝없이 죽는구나.' 하고 생각한 순간, 즉 마음의 전투에서 패하게 되었고 현실로 몸의 온도가 내려가게 된 것이다.

우리 인생도 마찬가지다. 늘 최악의 상황과 부정적인 생각을 기대하면 그 사람의 삶도 그대로 된다. 매일 끼니마다 한 끼를 때우고 숨을 쉬며 살아가는 것이 전부라고 생각한다면 물론 그렇게 살 수도 있다.

인생은 시작도 중요하지만 어떻게 최선을 다해 내 인생의 마지막 막이 내릴 때까지 의연하고 멋지게 그리고 보람차게 사는 것이냐가 더욱 중요하다는 것을 깨닫고 실천하는 것이 더욱 중요하다.

고정관념을 버리자

자신감 찾기
나는 할 수 없다는 생각, 나는 안 된다는 생각, 나는 배우지 못해서, 똑똑하지도 못하고, 창피해서, 이 일이 되지 않으면 결코 물러설 수 없다는 자세, 죽으면 죽으리라는 자세로...

고정관념 탈피
화장실과 처갓집은 멀어야 한다? 고정관념을 탈피하니 얼마나 편하고 살 맛 나는가? 안전하다는 고정관념이 타이타닉호를 침몰 시켰다.

4. 다시 찾아온 위험한 순간

2018년 9월 18일 아내는 또다시 폐렴으로 충북대병원에 입원했다. 그런데 쉽게 폐렴이 낫질 않았다.

병원에서 추석을 보내고 10월이 되어도 자꾸 배가 아프다면서 폐렴증세가 호전되지 않았다.

10월 13일 토요일에는 밤새 배가 아프다며 뒹굴다시피 했다.

다음날은 일요일이라 담당교수는 없고 급한 대로 처치실로 이동을 했는데 호흡곤란이 왔다.

뒤늦게 담당교수가 와서 중환자실로 급하게 이송을 했다. 정말 찰나의 순간이었다.

중환자실에서 급하게 숨을 쉬도록 기도에 호스를 넣는 과정에서 문제가 생겼다.

호스가 스텐트 가운데로 들어가야 하는데 스텐트를 밀고 옆으로 들어간 것이다.

담당교수가 검사결과를 이야기하면서 잘못 들어간 스텐트를 꺼내야 하는데 어렵다는 이야기였다.

큰 병원으로 이송하기로 결정하고 교수의 도움으로 권위가 있는 분이 있다는 서울삼성병원으로 이송을 하여 즉시 중환자실로 입원을 했다. 삼성병원 의료진 교수는 걱정 말라며 청주에서는 어려운 일이지만 여기서는 별로 어렵지 않다고 하며 안심시키고 이튿날 시술을 하여 잘못 박혀서 문제가 생긴 스텐트를 제거하고 다시 삽입술을 시행했다.

참으로 어려운 일이 반복되니까 마음이 안타깝기 한이 없었다.

결국 목에 기도를 확보하기 위한 시술과 함께 인공호흡기를 다시 꼽았다. 전처럼 말 한마디, 물 한 모금도 먹지 못하고 치료에 전념하였다. 아내의 손을 붙잡고 간절히 기도했다.

"여보! 살고 죽는 것은 하나님의 뜻인 줄 알지? 지금 죽어도 우리는 하늘에서 만날 것이라는 소망이 있지? 살려주시면 더 감사한 일이고 죽어도 다시 살 수 있다는 소망 꼭 간직하고 있어?"

아내는 그렇다고 고개를 끄덕끄덕했다. 말을 할 수는 없지만, 입 모양으로 "아이들에게 너무 미안하고, 특히 당신에게 한없이 미안하다."고 했다.

하루는 삼성병원 1층 화장실에 들어갔다가 대변기 뒤에 누가 올려놓은 돈뭉치를 발견했다.

대략 500만 원 이상 되는 현금이 들어있는 지갑이었고, 그곳은 사각지대라 누가 가져가도 모를 돈이었다.

1층 안내실에 전하고 식당에 내려와 밥을 먹는데 전화가 왔다.

너무 고맙다며 만나자고, 올라가 만나서 감사의 인사와 함께 제과 세트를 하나 받았다. 중환자실에 있는 아내에게 이 이야기를 했더니 내 손을 잡으며 들리지 않는 소리로

"우리 신랑 참 잘했네. 잘했어. 최고야."라고 했다. 제과 세트를 받았다고

하니까 표정이 달라졌다. 겨우 그거냐 하는 표정이었다.

그래서 나는 "여보, 내가 오늘 좋은 일을 했으니까 당신에게도 좋은 일이 생길 것 같아." 하니 끄덕이면서 같이 웃었다.

신장이 제 역할을 못 한다며 좋아질 때 까지 투석을 해야 한다고 투석기를 중환자실에 들여다 투석을 시작했다.

나는 충북대학병원에서부터 자꾸 배가 아프다고 하니 배를 CT를 찍기를 원했다. 그러나 CT를 찍으면 신장이 나빠지므로 신장이 회복된 후 찍자고 하여 회복되기를 기다렸다.

결국 회복이 잘 안 되고 일반실로 옮겼다.

5. 그만해도 행복하고 즐거웠는데

나는 누구보다도 자상한 가장이었고 남편이었다고 생각한다.

아내는 교회도 열심히 다니며 온갖 봉사를 다 했고 참된 신앙을 하기 위해 노력했다.

시간을 내서 아이들과 내 차로 여행도 하고 그런대로 건강을 잘 유지하며 지냈다.

2박 3일 설악산 여행도 하고 전라도 광주에 강의가 있어서 갈 때는 아내와 막내도 여행을 겸하여 동행했다.

안면도 수련원에서 웃음 치료 강의를 할 때도 동행하여 즐거운 날들을 보내기도 했다.

아내가 72세 이전에는 그럭저럭 살림을 잘했다.

설거지니 세탁기니 내가 도움을 더러 주었다. 아내가 설거지를 할 때 나는 과일을 깎고 차를 두 잔 탄다.

아내에게 차를 얻어 마신 적은 별로 없었을 정도다.

그런 일은 내 담당이니까 자연스럽게 됐다. 병원의 실수로 장 수술을 한 후로는 약도 일일이 내가 챙겨 주어야 했다.

특히 요양보호사가 방문하여 집안일을 도와주므로 건강보험공단의 신세를 톡톡히 보았다.

설악산에서 셋째 미선이와 넷째 미영이

회갑기념으로 고향 선후배 모임인 향우회에서 캐나다로 해외여행을 갔다. 그곳은 한국보다 더 추운 곳이라 5~6월에 가야만 되는 곳인데 그것을 잘 몰랐었다.

농사짓는 친구도 있어서 농사철 나오기 전에 가야 한다고 서둘러서 3월 말에 갔다. 온통 눈과 얼음만 실컷 보고 왔다.

밴프 국립공원의 에메랄드호수가 온통 얼음과 눈으로 덮여있었으니 후회가 막심했다.

더구나 가장 가보고 싶었던 나이아가라 폭포도 절반은 얼음으로 뒤덮여 있어 제대로 보기 어려웠다.

경비행기도 타려고 했으나 눈보라가 치는 등 일기 불순으로 탈 수가 없었다. 할 수 없이 아이맥스 영화관에 가서 대형스크린으로 나오는 나이아가라 폭포의 전설을 보면서 아쉬움을 달랬다.

여행할 때는 일기를 잘 생각해서 가야 하는데 미처 생각지 못해 아쉬움이 컸다.

　그러나 캐나다의 엄청난 수목과 자연을 보면서 나무만 팔아도 캐나다 국민이 100년은 살 수 있는 자원이라고 들으니 부러운 마음을 금치 못했다.

　나이가 좀 젊다면 이런 곳에 와서 살아보았으면 하는 마음이 간절했다. 아내는 몸이 불편하기는 했어도 웬만한 곳은 부축하고 다니며 보람찬 여행을 즐겼다.

　칠순을 기념해서 향우회 회원들과 부부동반으로 하와이로 여행을 떠났다.

　하와이 본섬을 한 바퀴 돌면서 아름다운 해변을 관광하고, 다음날에는 화산 분화구가 있는 3,000m가 넘는다는 마우이섬을 찾았다. 세계에서 그곳만 있다는 은검초를 보며 기이함을 느꼈다.

하와이 마우이섬 3천 미터 정상에만 있다는 은검초

6. 아내와의 이별

일반실로 옮기면서 얼마나 기대가 컸는지 모른다.

중환자실을 면하면서 본인도 나도 한없이 기뻐하였다.

얼마 후 신장이 회복이 안 되니까 장기 투석을 해야 한다고 했다. 낙심하면서도 일주일에 한 번이고 아니면 두 번이라도 투석하며 내가 전적으로 도우며 남은 여생 살아야겠다고 다짐했다.

이렇게 되니 배 아픈 것을 알기 위해 CT를 찍었다.

그러나 결과가 나왔는데 기절할 일이 생겼다. 이미 말기가 된 췌장암이라는 판정이었다. 귀를 의심했다.

그때 일을 생각하니 나오는 눈물을 주체할 수가 없다.

나는 모든 것을 포기했다. 나의 사랑하는 아내, 우리 안 여사, 그처럼 살려보자고 최선을 다 했는데 이제 작별의 시간이 되었구나. 생각하니 가슴이 메어지고 자꾸 나오는 눈물을 주체할 수 없었다. 췌장암은 고통이 심한 병 중 하나다.

얼마나 아픈지 손발을 너무 움직여 목에 호흡기를 뽑아 비상사태가 벌어지기도 했다.

간호사와 의논하여 손과 발을 침대에 묶어 놓았다.

두고두고 손발을 묶어 놓은 일이 너무 미안하여 한으로 남아 내 머리를 흔들고 있다.

결국 모르핀을 투여하기 시작하자 통증이 좀 멎는 것 같았다.

그러나 아내는 서서히 혼수상태가 오고, 담당교수 말이 열흘 넘기기가 어려울 것 같다고 했다.

이미 아내의 생명이 이제 끝나가고 있지만, 이럴때 일수록 정신을 차리고 임종과 장례를 준비해야 한다고 생각하며 마음에 준비를 서둘렀다.

12월 1일 토요일 아침 7시가 되자 혈압이 떨어지기 시작하여 간호사를 불렀다.

간호사가 와서 처치를 하자 다시 혈압이 올랐다. 9시경 되니 다시 혈압이 떨어지고 심장박동도 이상이 생겼다. 결국 아내는 아침 10시에 편안한 모습으로 주님의 품에 잠들었다. 평균 수명이 82세인 우리나라의 현실을 볼 때 75세의 나이에 세상을 떠난다는 것은 아직은 이르다.

내가 먼저 가야지 아내가 먼저 가는 것은 감당하기 어려운 형벌이라는 생각이 든다.

아내는 나와 55년 결혼생활을 고통 속에서 살다가 눈을 감고 말았다. 돌아보면 아내는 아팠던 시간을 빼고는 늘 행복해했다.

언제나 웃으며 경제적으로나 이성적으로 의심 없이 서로를 믿어왔고 즐겁게 생활했다.

내가 하는 일이 성공을 거두면 너무나 기뻐했고. 멋진 강의를 하고 돌아오면 "오늘 강의 잘하고 왔지?" 하며 자랑스러워했다.

아내를 잃는다는 것은 부모님을 잃는 것과는 마음이 전혀 다르다. 같이 사는 자식도 없이 둘이서 지내던 세월을 뒤로하고 혼자 생활 한다고 생각하니 기가 막혔다.

　병원에서 모든 수속절차를 마치고 12시가 넘어서야 청주의료원 장례식장을 향해 떠났다. 오후 3시경 도착하여 준비에 들어갔다. 내려오면서 지인들에게 메시지로 아내의 사망 소식을 전했다.
　첫날 오후라 문상객이 몇 사람 안 될 줄 알았는데 200여 명의 문상객이 찾아왔고 준비한 음식이 모자라서 더러는 수저도 들지 못하고 돌아갔다. 다음날 아이들 다니는 서울 쪽 교회에서 많은 성도와 목사님이 찾아와 위로 예배를 드리고 오후 들어 입관했다.
　지금까지 수많은 사람의 염습을 내 손으로 했지만, 아내의 염습은 최상으로 아름답게 했다.

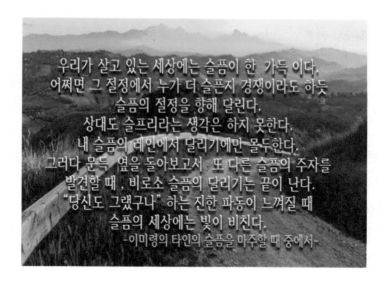

우리가 살고 있는 세상에는 슬픔이 한 가득 이다.
어쩌면 그 절정에서 누가 더 슬픈지 경쟁이라도 하듯
슬픔의 절정을 향해 달린다.
상대도 슬프리라는 생각은 하지 못한다.
내 슬픔의 레인에서 달리기에만 몰두한다.
그러다 문득 옆을 돌아보고서 또 다른 슬픔의 주자를
발견할 때, 비로소 슬픔의 달리기는 끝이 난다.
"당신도 그랬구나" 하는 진한 파동이 느껴질 때
슬픔의 세상에는 빛이 비친다.
-이미령의 타인의 슬픔을 마주할 때 중에서-

　마치 왕비가 입는 것처럼 멋진 수의를 입혔고, 관에는 온갖 생화를 가득하게 장식하여 꽃향기가 실내에 가득했다.
　나는 진심으로 아내를 사랑했다.

헤어질 때까지 첫사랑처럼 서로 믿으며 살았다.

아내의 마지막 모습을 보면서 오열했다. 아내가 잠들어도 절대로 남들 앞에서 눈물을 보이지 않겠다고 다짐했었으나 현실은 그렇질 못했다.

"여보! 나한테 와서 고생만 많이 했어! 나하고 살아줘서 정말 고마워! 잘 자다가 예수님 오실 때 우리 다시 만나자.

아픔도 없고, 죽음도 없고, 이별도 없는 세상에서 다시 만나자. 죽었다가 살아나도 나와 같이 산다고 한 약속 꼭 지킬 거지? 사랑해, 그리고 행복했어."라고 소리 질렀다.

아이들이 다섯이나 되니 거의 1,200명이 훨씬 넘는 많은 조문객이 찾아와 위로해 주었다.

12월 3일 아침 발인예배 후 청주목련원 화장장에서 화장 후 납골당인 숭조당에 안치하는 모든 순서를 마쳤다.

서로 사랑하며 55년을 같이해온 아내는 한 줌의 재가 되어 이생에서의 모든 삶을 마쳤다.

아내는 깊은 잠을 자며 주의 재림을 소망 가운데 기다리게 되었다. 나는 우리 주님 재림 시에 사랑하는 아내의 부활을 믿는다.

땅의 흙 속에서 잠자는 많은 사람들이 깨어날 것이며, 얼마는 영원한 생명을 얻겠고 얼마는 수치와 영원한 모욕을 받으리라. (단12:2)

나의 사랑하는 아내는 영원한 생명의 몸으로 부활할 것을 나는 확신한다. 그때는 죽음도 없고 아픔도, 이별도 없는 곳에서 영원히 살게 될 것이다.

아내도 그런 소망을 품고 잠들었다. 그러나 그 일은 장래의 소망이다. 현실은 견딜 수 없는 슬픔이고 절망이다.

"주께서 호령과 천사장의 소리와 하나님의 나팔로 친히 하늘로부터 강림 하시리니 그리스도 안에서 죽은 자들이 먼저 일어나고, 그 후에 우리 살아남은 자들도 그들과 함께 구름 속으로 끌어 올려 공중에서 주를 영접하게 하시리니 그리하여 우리가 항상 주와 함께 있으리라.　(살 전 4:16,17)

VII.

아내를
떠나보낸 후

1. 유품을 정리하면서

아내의 유품을 아이들과 정리하면서 소리 없이 마음의 눈물을 흘렸다.

옷가지들은 엄마가 입던 옷이라며 간직하고 싶었던지 아이들이 챙겨갔다. 나머지 유품은 고물로 처리를 했다.

침대의 위치를 바꾸자는 아이들의 요청에 침대를 몇이서 들어 옮겼다. 그런데 침대 속에서 통장이 나왔다. 아이들이 준 용돈을 차곡차곡 모아놓은 800만원이나 되는 돈이었다. 자기가 은행에 가기 어려우니까 요양보호사를 통해 넣게 했다고 들었다. 몇 년이나 더 살 줄 알고 쓸것 쓰지도 못하고 세상을 떠난 아내를 생각하며 뜨거운 눈물을 흘렸다. 유품 정리를 대충했는데도 신발장엔 아내 신발 몇 켤레가 남아있고 유품들이 더러 나온다.

잘 정리하여 옷장에 보관하여 아내가 그리울 때 꺼내 만지며 아내와의 추억을 회상해 볼 거다.

아내 휴대폰도 당분간은 그냥 두기로 했다. 한번은 내 휴대폰을 정리하다 아내의 번호가 떴다. 눌렀다. 계속 신호가 가는데 받을 리가 없지 않는가. 소리를 질렀다. "이 마누라야, 전화 좀 받어! 제발 전화 좀 받으란 말이여." 하고 소리를 지르며 통곡을 했다.

이렇게 된 나 자신이 바보 같기도 하고, 미친 것 같기도 하고, 제정신이 아닌 것 같았다.

얼마 후 넷째 딸 미영이가 "엄마가 이 추운 겨울에 깊은 산속에 혼자서 있다고 생각하니 너무 가슴이 아프다." 라고 말했다.

그 소리를 듣자마자 "그래, 아빠도 가슴이 미어지는 것 같다. 병원에 있을 때 집에 가자! 집에 가, 라고 말했는데…. 네 엄마 잠시 집에 데려오자." 라고 말했다.

그리고 즉시 실행에 옮겼다. 유골함을 보자기에 잘 싸서 차에 싣고 내려왔다. 연세가 90이 넘은 큰 처형은 장례식에 오지 못했다. 형제는 그분밖에 없는데 말이다. 큰 처형에게 들러서 아내의 유골함을 한 번 만져보게 하고 아내의 고향 집으로 갔다.

"여보, 여기가 당신이 어려서 뛰놀던 고향 집인데 한 번 다녀가는 거여." 라고 말했다.

같이 손잡고 거닐던 뒷동산을 둘러보고 8년 동안 어려운 신혼을 보냈던 비중리 고향 집을 다녀서 그리운 청주 집으로 돌아왔다.

비록 유골이지만 아내가 옆에 와 있으니 마음이 푸근하고 안위가 되는 듯했다.

나갈 때 다녀온다고 아내에게 말하고 다녀와서도 잘 다녀왔다고 마치 아내가 살아 있는 듯 인사를 하며 지냈다.

남들이 알면 유별을 떤다고 할까 봐, 남들은 모르고 아이들만 알고 여러 날을 보냈다.

그리고 봄이 되어 날도 풀리고 아내의 100일 추모식 이전에 숭조당으로 다시 안치했다.

아내가 떠난 한 달 후에 아이들이 아빠를 위로해 준다며 해외여행을 계획하고 13명의 딸, 손주들과 떠났다. 지나고 보니 아이들에게는 고마운 일이지만 나에게는 너무 이른 여행이었다.

아이들은 좋다며 뛰노는데 나의 마음은 허전하기 짝이 없었다.

이동하면서도 앞자리에 앉아 수없이 눈물을 닦았고 호텔에 돌아와서도 아이들 모르게 한없이 눈물을 흘렸다.

사실 그때, 나는 제정신이 아닐 때여서 마치 정신병자나 다름이 없었던 시기였다.

그리움은 가슴마다

애타도록 보고파도 찾을 길 없네.
오늘도 그려보는 그리운 얼굴
그리움만 쌓이는데
밤하늘에 잔 별 같은 수많은 사연
꽃은 피고지고 세월이 가도
그리움은 가슴마다 사무쳐 오네.

2. 고통과 밀려오는 그리움

아내가 가고 한 달 정도 지나자 몸에 이상증세가 나타났다.

식욕이 바닥이나 밥을 먹을 수 없고 잠을 자야 하는데 불면증이 심해 잠이 오질 않았다.

내가 웃음 치료 교실에서 강의하고 있는 4, 7, 8 호흡법을 해도 아무런 소용이 없었다.

눈을 떠도, 눈을 감아도 고통을 짊어지고 살아온 아내 생각, 너무도 고생만 하다간 불쌍한 아내 생각이 났다.

내가 다혈질이라 더러 아내 마음을 아프게 했던 일이 생각났다. 눈물이 어쩌면 그렇게 많이 나오는지 방에도 거실에도 차에도 온통 눈물 닦는 휴지가 가득했다.

이렇게 하고 살면 뭘 하나. 차라리 일찍 죽는 것이 낫지. 자꾸 방정맞은 생각이 났다.

내가 크리스천이 아니었다면 그때 아마 일을 저질렀을지도 모를 일이다. 정신을 바짝 차리고 내가 이런 생각을 하다니 하면서 정신건강의학과를 찾아가 상담을 했다.

"세상에서 가장 큰 스트레스가 사랑하는 배우자와의 사별이라고 하는데, 우울증이 심하게 온 것 같으니 약을 먹고 치료를 당분간 받으십시오."라는 이야기를 듣고 약을 받아왔다.

내가 웃음 치료를 통해 꽤 많은 사람의 우울증을 치료했고 효과를 보았는데 오히려 내가 우울증에 걸리는 일이 나에게 생긴 것이다. 수면제를 먹으니 우선 잠은 잘 수 있었다.

약을 먹으면서 차차 증세가 호전되어 수면제를 조금씩 줄여가며 거의 한 달 정도 걸려서 완전히 약에서 해방되었고 전보다는 기분이 많이 호전되었다.

전에 아내가 먹던 식욕 촉진제가 생각이 나서 그 약을 먹으니 5일 정도 지나면서 식욕이 차차 되살아나기 시작했다. 지금도 식욕부진으로 고생하는 사람들에게 이 약을 권하고 있다.

회갑 전 아내와

아내와 회갑 전에 찍은 사진이 원래의 아내 모습이기에 사진을 방에도, 거실에도 걸어 놓고 수없이 쳐다보며 이야기를 나누며 바보처럼 지냈다.

"여보! 어떻게 해야 해, 여보! 미안해! 여보!" 얼마나 불렀는지 하루에도 수십 번은 넘는 듯하다.

이런 바보 같은 인생이 있는가? 이미 죽어서 한 줌의 재가 되어 아무것도 모르는 아내에게 이야기하고 있는 바보 인생이 바로 나로구나, 생각하니 아픈 가슴이 다시 저려오는 것을 느낀다.

수년 전에 아내의 친구이자 교회의 여 집사인 분이 직장암을 선고받고 수년을 투병하다 회갑도 되기 전에 눈을 감았다.

물론 입관식부터 장례식 모두를 참석하며 슬픔을 같이 나누었다. 그전에도 부모님, 장모님까지 내 손을 거쳤다.

그 후부터 남편 되는 분에게서 아내에게 자주 전화가 왔다.

어떤 때는 밤 11시가 넘어서도 전화가 오면 한도 없이 신세타령을 하는 소리를 들어주고 위로해 주고 상담사 역할을 했다.

너무 자주 시도 때도 없이 전화를 하니 불편한 것도 있었으나 오죽이나 어려우면 저럴까 하며 감수했다.

지금 와서 내 신세가 같은 신세라 생각하니 그때의 그 심정이 어떠했을까 상상이 간다.

오죽이나 답답하면 밤중에도 남의 마누라한테 신세 한탄을 하며 속사정을 이야기했을까 생각하니 모든 것이 이해가 된다.

내가 당해봐야 남을 이해할 수 있다는 진실을 깨닫게 되었다.

스승이든 부모든 교육을 하는 입장이라면 반드시 가르쳐야 할 것이 있고 특히 몸소 보여주며 가르쳐야 할 것들이 있다고 생각하는데, 그중 가장 중요한 것 하나가 바로 약자를 배려하고 존중하는 모습을 보여주는 것이다.

부모라면, 선생이라면, 자식 앞에서, 제자 앞에서, 어떻게 약자들을 배려하고 존중하고 도울지 가르쳐야 한다고 보고, 또 직접 행동으로 보여줄 수 있어야 한다고 본다.

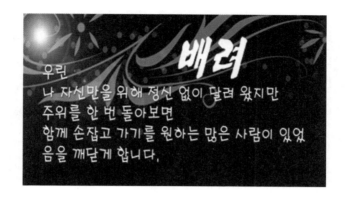

배려

우린
나 자신만을 위해 정신 없이 달려 왔지만
주위를 한 번 돌아보면
함께 손잡고 가기를 원하는 많은 사람이 있었
음을 깨닫게 합니다.

　그런 생각을 가끔 한다. 한국 사회는 약자들을 존중하는지, 교육과정에
서 약자에 대한 배려와 존중을 충분히 배우고 가르치는지, 의문이 든다.

　스스로 질문을 던지고 생각해 보면 한국 사회는 약자들을 존중하고 배려
하기는커녕 사회·문화적으로 정치·경제적으로 잔인한 사회이고 교육과
정에서 약자의 존재는 잘 보이지 않는다는 생각이 든다.

　사람이 누군가를 미워하지 않고서 산다고 말하기는 어렵다.

　하지만 미워하는 대상을 줄이려고 노력해야 하고, 또 제대로 미워할 수
있어야 한다.

　너무 남을 넘겨짚어 오해를 키우지 말아야 한다.

　약자를 대하는 자세 못지않게 싫은 사람, 미운 사람, 나와 결이 맞지 않
는 사람과도 같이 사는 공동체 사회임을 가르치는 것이 교육의 중요한 목
적이 돼야 한다.

　나는 하루 한 가지 이상 남을 도와주는 운동인 TMI 운동에 참여하여 무
엇인가 작은 일이라도 남을 도와주고 배려하는 운동에 동참한다. 즉 무거
운 짐 들어주기, 휴지나 담배꽁초 줍기, 조금만 도와주면 상대가 기뻐하고
고마워할 일들을 찾는다.

　어떤 날은 뒤돌아보면 아무것도 하지 못한 날도 있다.

　그러면 다음 날 기억하여 못다 한 작은 배려와 도움을 실행하려 애쓰고

있다.

자신보다 남을 먼저 배려하는 사람이라는 명성을 얻으면 일종의 마법 같은 힘이 생긴다.

그 혜택은 이루 말할 수 없는 다양한 방법으로 자신에게 돌아오게 된다. 먼저 양보하고, 먼저 배려하는 사람이 결국 더 많은 것을 얻게 된다는 사실을 알아야 한다.

내가 조금 불편함으로 상대방이 편한 것이고 나보다 먼저 상대방의 입장에서 생각하는 것이다.

"나는 울지 않기 위해 웃어야 할 이유를 찾아야 했다. 매일 나를 짓 누르는 두려운 고통을 이기기 위한 무기로 나는 웃음을 선택했다.
내게 웃음이 없었다면 나는 인생의 실패자가 되었을 것이다." - 아브라함 링컨 -

3. 혼자가 되었으나 열심히 살아야 하겠다.

아내가 떠나고 혼자가 되었지만 둘째 딸 미경이가 석 달을 함께 있었다. 그래서 몇 달 동안은 적적한 것을 좀 면할 수 있었다.

지금도 반찬을 해오고 나를 도와주고 있다. 저도 가정이 있는데, 어려운 일일 텐데 말이다.

아이들이 전보다 전화를 더 많이 한다. 아이들에게 너무 부담을 주는 것 같아 미안하고 마음이 무겁다.

아내가 오랫동안 병석에 있으면서 나에게 홀로서기를 배우라고 했다. 웬만한 일은 다 처리가 가능하나 반찬이 문제다.

반찬 배달 업소에 주문을 해 볼까도 생각했는데 자꾸 미루게 되었다. 지금도 반찬은 둘째 딸이 거의 담당을 하게 되었다.

집안에 혼자 있으니 자꾸 쓸데없는 망상에 젖기도 한다.

그래서 자꾸 뭔가 일거리를 찾는다. 책도 읽는데 손녀딸이 생일 선물로 사준 '혼자가 되었지만 잘 살아보겠습니다.' 라는 책과 '행복 예습'이라는 책을 읽으면서 동병상련인 사람의 글에 위로가 되기도 했다. 그동안 관심 가져준 지인들을 만나 점심이나 저녁 식사도 대접하고 움직이고 만나려고 힘쓴다.

한국예술대전에 처녀 출품하여 특선을 받은 서예

아무것도 의욕이 없고 하고 싶은 것도 없지만 요즘은 주민 센터에 등록하여 서예를 교습하고 있다.

글씨 쓰고 그림 그려서 평생을 먹고 살고 아이들 다섯을 대학, 대학원을 마치게 했고 아내의 병 수발까지 다 하며 살아왔다. 하지만 그냥 타고난 솜씨로 써온 글씨다.

정통서예를 배워야 했다. 옛날 제 멋대로 쓰던 습관이 있어서 고생 좀 한다. 한번 길들은 버릇이 쉽게 고쳐지지 않았다.

그래도 서예 교습 5개월 만인 지난가을 한국예술협회에서 주관하는 서예 작품전에 처음으로 출품하여 특선을 수상하기도 했다.

옛날 총각 때 아코디언을 연주하는 모습이 너무나 부러웠다.

그러나 어떻게 내가 아코디언을 살 수 있겠는가, 꿩 대신 닭이라고 하모니카를 구입해서 좀 불었다.

누구의 지도도 없이 무조건 불다 보니 쉬운 노래는 흉내를 내기 시작했다. 아내가 떠나고 3개월이 지난 후 하모니카가 생각이 났다. 서랍 속을 뒤져 찾아들고 불어보니 옛날 실력이 조금은 나왔다. 찬송가를 하늘나라를 생각하며 불고 또 불었다.

전문가용 하모니카를 딸이 사주고 종류별로 몇 개를 구입해서 기회가 되면 불었더니 일취월장 발전하여 찬송가 100여곡을 제대로 불게 되었다.

코로나 19로 많은 노인들이 복지관도 못가고 어려움을 겪고 있다. 그러나 나는 서예교실이 쉬는 대신 우리 웃음치료 교실에서 몇 사람이 모여 계속 서예를 연습한다. 시간이 얼마나 빨리 가는지 오히려 바쁘게 생활한다.

오후 3시가 넘으면 끝내고 집에서 그림도 그리고 책을 읽다 보면 어느새 하루가 쏜살같이 지난다.

30년 전 정성 드려 그린 예수님의 초상화와 얼마 전 그린 능소화를 싣는다.

30여 년 전 그려 거실에 걸려있는 예수님 초상화와 능소화

4. 나에게 용기를 주던 최상의 파트너

　요즘은 외부강의가 전에 비하면 많이 줄었다. 웃음 치료의 전성기가 이제 지나고 금연교육도 나이 젊은 강사를 요청하니 줄어 들을 수밖에 없다.

　그래서 자격증을 취득하기 위한 전문가과정에 신경을 쓰고 있다.

　지도자 양성을 위한 리더십 과정을 개설하여 강의하면서 계속하여 공부한다. PPT 자료도 옛날 묵은 자료를 개선하여 만들고 동영상도 다운받아 신자료를 만들며 시간을 보낸다.

　사실 나이가 80이 다 돼가도록 강의한다는 것은 결코 쉽지않은 일이다. 어떤 때는 웃음 치료 강의만 하루 다섯 시간 반을 한 적도 있다.

　일반강의에 비해 소리를 지르고 몸을 쓰기 때문에 체력소모가 크지만 나는 부모님이 물려주신 목소리 유전자, 하나님이 허락하신 달란트를 활용하여 목소리 하나 변하지 않고 강의를 마칠 수 있는 건강의 복을 많이 받았다.

　일생의 훌륭한 파트너로서 나에게 용기를 주었던 아내의 목소리가 또다시 생각난다.

　더러는 내가 다혈질이고 열정적으로 일하다 보니 더러 욕먹는 일에 마음

아프다며 제발 좀 참고, 일을 좀 줄이라고 잔소리를 했다.

그러나 그때는 잔소리로 생각했으나 지금은 그게 얼마나 고마운 소리였던가, 생각하니 그 잔소리가 다시 그리워진다.

"여보, 당신은 참 훌륭하다고 생각해, 사실 부모님 덕으로 조금 일찍 공부했으면 국회의원 정도는 하고도 남을 사람인데."

그 소리에 나는 이렇게 대답한다.

"국회의원이 뭐가 대단하고 부럽나? 온 국민에게 욕먹고 사는 국회의원보다는 지금의 나상길로 만족해하고 살아야지, 무엇을 하던지 나는 성공했잖아, 내가 대학에서도 10년을 강의를 했고, 지금도 사회를 위해 봉사하고 교회에서도 청년장로가 되어 33년 동안 열심으로 일했고, 특별한 성인병 하나 없이 건강하니까 이 정도로 만족해야지."

"당신은 무엇을 하든지 열정을 가지고 최선을 다했으므로 하고자 하는 일을 거의 다 성공한 대단한 사람이여."

이렇게 나에게 든든하게 용기를 주던 최상의 파트너가 자기 할 일을 마치고 떠나갔다.

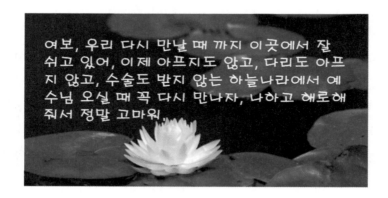

여보, 우리 다시 만날 때 까지 이곳에서 잘 쉬고 있어, 이제 아프지도 않고, 다리도 아프지 않고, 수술도 받지 않는 하늘나라에서 예수님 오실 때 꼭 다시 만나자, 나하고 해로해 줘서 정말 고마워.

나는 나에게 다가온 현실을 생각의 틀을 바꾸려고 노력한다. 아내는 내 곁을 떠난 것이 아니고, 내 마음속에 영원히 살아남아 있다고, 그리고 다시 만나는 그때를 기다리고 있다고……

열심히 살려고 나는 지금도 노력한다. 마음먹은 대로 모든 것이 다 되는 것은 아니지만 아내도 내가 열심히 살다가 자기 곁에 오길 바랄 것이다.

내 생애가 얼마가 남았든지 할 일이 아직은 남아있다. 그리고 일을 만들어서라도 보람차게 삶을 마무리하려 애쓰며 살 것이다.

아이들과 같이 나가서 외식도 하고 관광지도 더러 가고 있다.

먼저는 천안에 있는 상록리조트에 가서 꼬마들이랑 물놀이를 하며 1박 2일을 보냈다.

저녁에는 아이들 덕으로 한우를 사다가 배부르게 먹고, 다음날은 주위에 있는 독립기념관을 갔다.

항일 투쟁을 하며 우리나라 독립을 위해 몸 바친 애국 독립투사의 기록이나 영상을 보면서 아이들에게 일본인들의 악행을 다시 한번 되새겨 주며 생각하게 되는 기회가 되었다.

아이들과 상록리조트에서

5. 산유화야, 산유화

2018년 9월 18일, 휠체어를 타고 아내가 마지막 집을 나설 때였다. 집 모퉁이 갈라진 시멘트 사이로 이름 모르는 일년생 잡초가 나와 한 뼘 정도 자라고 있었다.

그 모습을 보고 아내가 말했다.

"저것도 살겠다고 저 틈새에서 나오고 있는 것 좀 봐."

"저거 뽑아 버릴까?" 하고 아내에게 물었다.

"아니, 저것도 생명이라고 저 좁은 시멘트 사이에서 나오면서 살려고 발버둥 치는데 그냥 둬." 별거 아닌 잡초지만 뽑아 버리려 했던 내 손이 멈칫하며 부끄러운 생각이 들었다.

결국 아내는 12월 1일 다시는 돌아올 수 없는 길을 떠나고 겨울이 가고 해동하기 시작했다.

지난해 겨울은 다른 해 보다 따뜻한 겨울이었다. 여기저기 새봄을 맞아 새 생명들이 자연의 순리에 따라 꿈틀거리며 새 생명을 싹 틔우기 시작했다. 아내가 살려주라고 말했던 일년생 잡초는 다 말라버렸지만 뽑아내지 않고 그냥 버려두었었다.

어느 날 그 앙상한 잡초를 보니 가지마다 새 생명인 새싹이 파릇파릇하게 싹을 틔우고 있었다.

그것을 바라보는 순간 나도 모르게 잡초를 어루만졌다. 한없는 눈물이 쏟아져 나왔다.

이름 모르는 잡초에 불과한 너는 아내 덕분에 살아났는데, 봄이 되자 파릇한 새 생명으로 살아나는데, 내 사랑, 내 님은 언제나 다시 만나려나….

이름도 모르는 새로나온 잡초

남인수 씨가 부른 산유화 노래가 생각나 적어본다.

'산에산에 꽃이 피네 들에들에 꽃이 피네
꽃이 피고 새가 울면 님이 잠든 무덤가에
너는 다시 피건마는 님은 어이 못 오시는가
산유화야 산유화야 너를 안고 내가 운다'

이름 모르는 잡초가 봄이 되어 새싹이 돋아나듯이 사랑하는 아내도 다시 만날 수 있다는 성경의 예언을 나는 믿는다.

　모든 고통과 고난과 슬픔이 끝나면, 하늘 본향으로 돌아가 주님과 아내와 함께 다리도 아프지 않아 사슴같이 뛸 수 있는 곳, 죽음도 없는 곳, 이별도 없는 곳에서 영원히 살게 되는 꿈을 꾼다.

　아내는 나를 참으로 알뜰하게 챙기고 신경을 써줬다.

　외출할 때 양복부터 넥타이 색깔까지 마치 자기가 무슨 패션디자이너나 되는 듯이 남에게 멋지고, 근사하게 보이도록 참으로 애를 많이 썼다.

　그런 아내가 지금은 내 곁에 없으니 부부가 동락하는 사람들이 참으로 부럽기 한이 없다.

　아내를 이 세상에서 다시 만날 수 없다는 것은 엄연한 현실이다. 칠십 대 중반 넘어 헤어진다는 것은 누가 보아도 단명했다고 볼 수만은 없다. 그러나 내 마음은 다르다.

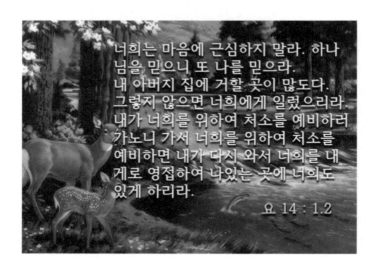

너희는 마음에 근심하지 말라. 하나님을 믿으니 또 나를 믿으라.
내 아버지 집에 거할 곳이 많도다.
그렇지 않으면 너희에게 일렀으리라.
내가 너희를 위하여 처소를 예비하러 가노니 가서 너희를 위하여 처소를 예비하면 내가 다시 와서 너희를 내게로 영접하여 나있는 곳에 너희도 있게 하리라.

요 14 : 1.2

아내를 참으로 사랑했다고는 하지만 잘못한 생각만 자꾸 떠올라 내 머릿속을 어지럽게 한다.

아내가 생전에 내게 서운했던 일을 이야기하기도 했다.

그중 하나가 일이 한창 바쁠 때 전화하면 별거 아닌 일을 가지고 바쁜데 전화했다고 신경질을 부린 걸 말했다.

그리고 옳은 소리가 분명하지만 참아야 될 일도 남들이 듣기 싫어하는 소리를 도맡아 이야기하는 걸 불평했다.

이것을 조심하라며 자기에게는 가장 큰 스트레스라고 자주 잔소리했다. 아내가 떠나고 나니 이런 것들이 자꾸 생각이 나서 아내에게 미안하다고 사죄를 하고 또 한다.

행복은 그 사람의 건강상태에 따라 좌우된다.

건강하지 못하면 즐거울 수도, 행복할 수도 없으며 우울감이 증가되어 하루하루 삶이 괴로워진다.

아내의 질고를 치료하기 위해 최선을 다 했고 또 진정으로 사랑했다. 정신상태가 멀쩡한 것 같더니 우울증 약을 끊고 두어 달이 지나니 재발되어 먹을 수도 없고 불면증이 다시 와서 잠을 잘 수가 없었다.

다시 병원을 찾아 약을 처방받아 복용하면서 많이 좋아지고 있다. 장기간 약을 복용해야 된다는 의사의 처방을 받았다.

6. 언제나 떠날 준비를 하고 있다.

아내를 먼저 보낸 사람은 여명이 짧다고 일반적으로 말들을 한다. 그 말이 맞는다면 내 삶은 얼마나 남았을까. 3년, 아니면 10년, 아니 고작 1, 2년 남아 있을지도 모를 일이다.

전에는 외국을 나가든 국내 여행을 하든 아내의 건강에 좋은 것, 아내가 좋아하는 것을 사왔다.

지금은 마트를 가고, 어디를 가도, 아무리 멋진 것을 보아도 나와는 아무 상관이 없다는 생각이 든다.

수박을 사도 한 통 사다가 3분지 1은 잘라놓고 나머지는 딸이나 지인들을 준다. 혼자 먹으니까 3분지 1도 닷새 이상 먹게 된다.

장래에 대한 계획도, 도전도, 이제는 용기도 없거니와 또한 기력도 쇠잔하여 없다.

홀로된 노인들 체력이 급격히 쇠퇴하는 것이 마음의 병 때문이다. 의욕이 사라지는 것이 가장 큰 원인이라고 생각한다. 남들은 나에게 비교적 건강하다고 말하지만, 60 넘으면 다르고 70 넘으면 더 다른 것이 건강이다.

친구 박기묵과 더러 통화하다 보면 늘 하는 소리가 있다.

"상길아, 우리는 오래 살려고 하지 말고 80까지만 살자."라고 말한다. 그러면 나는 이렇게 말한다.

"그것을 누구 맘대로 하냐? 솔직한 얘기로 나는 지금이라도 죽어서 아내 곁에 가고 싶지, 하루라도 더 살고 싶지 않다."라고 대답한다.

젊어서는 아이들을 위해서라든지, 아내의 행복을 위해 일하고 생활하는 것이 삶의 보람이나 동기가 되어 체력 이상의 그 어떤 힘이 만들어졌다고 생각한다. 그러나 지금은 많이 달라졌다.

죽음이라는 두 글자가 전혀 두렵지 않다. 다음 세상에서 아내를 만나면 당신이 떠난 후에도 나는 열심히 살았노라고 이렇게 말할 것이다. "여보! 잘 자고 있었지? 다시 만날 수 있어서 정말로 기쁘고 행복하오, 당신이 생각한 대로 나는 열심히 멋지게 살았고 사명을 잘 마쳤소, 모든 것이 하나님의 은혜요."

나이 먹을수록 몸의 기능뿐 아니라 마음가짐도 약해지기 쉽다. 특히 하체가 부실해지면 낙상의 위험이 존재한다.

노인들의 낙상은 치명적인 결과를 가져온다. 늙을수록 부실해지는 하체를 단련하기 위해 걷는 운동, 자전거 타기 등 하체를 강화하는 운동이 중요하다.

나는 요즘 실내 자전거에 올라 TV를 보면서 4~50분 정도 운동을 한다. 그냥 실내 자전거를 타면 상당히 지루한데 TV를 켜고 보면서 운동을 하면 지루하지 않아서 좋다.

가끔 강의 요청이 오고 나를 찾는 곳이 있다면 적극적으로 나가서 도와줄 마음을 먹고 있다.

유급이든 무급이든 아직도 세상이 나를 필요로 하는 곳이 있다는 사실에 감사하며 기쁜 마음으로 나가고 있다.

젊은 시절 생각했던 죽음의 이미지는 노년, 특히 혼자가 되고 보니 완전히 달라졌다.

아내가 비교적 건강했던 때는 아직은 내가 죽을 때가 아니다, 라는 마음이 아주 강했다. 하지만 막상 아내가 떠나고 혼자가 되고 보니 이제 죽음이 더욱 가까운 문제로 느껴지게 된다.

천둥소리가 들리면 우리는 너나없이 놀란다. 그러나 천둥소리가 들렸다

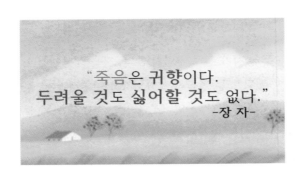

는 것은 이미 벼락이 떨어진 뒤라서 전혀 벼락 맞을 일은 없는 것이다. 그런데도 우리는 천둥소리가 두렵다.

삶의 의미를 깨닫지 못하는 사람에게는 죽음도 이와 같다.

우리 모두에게 죽음이 온다는 것보다 더 확실한 것은 없다.

나는 남은 생애가 얼마가 되든지 내 건강이 허락하는 대로 죽음을 열심히 준비해서 웰다잉 [Well-Dying] 하려고 노력한다.

누구나 죽는다. 그러나 죽음에는 두 가지가 있다.

당하는 죽음이 있고 맞이하는 죽음이 있다.

웰다잉 [Well-Dying] 즉 준비된 죽음, 맞이하는 죽음이 나와 이 책을 읽는 모든 분에게 임하기를 간절히 바란다.

VIII.

내 인생
삶의 지표

1. 사람답게 살고, 사람답게 늙고, 사람답게 죽자

    사람의 연령에는 자연연령, 건강연령, 정신연령, 영적연령 등이 있다. 사실 사람이 사람답게 살고, 사람답게 늙고, 사람답게 죽는 것이란 그리 쉬운 일만은 아닐 것이다.

    그러나 어려운 일도 아주 멋지게 해 나가는 사람들이 많다.

    잘 준비하고 준비된 것을 위해 최선을 다하여 열정을 쏟아 붙는 삶을 살았기 때문일 것이다.

    그렇다면 나는 어떻게 늙고 어떻게 죽어야 할까?

    어떻게 해야 열정을 가지고 살다가 품격 있게 죽을 수 있을까.

    노년 특유의 열정을 가져야 한다.

    아니, 무슨 노년에 열정이 남아 있겠는가? 아니다, 노년의 열정은 경륜과 품격이 따르게 된다.

    노련함과 달관達觀이 살아 숨 쉬는 풍요한 열정 말이다.

    나이 들어갈수록 이러한 열정을 잃지 않도록 해야 한다.

    웰빙(well-being)은 순우리말로 '참살이'라고 한다.

사전적 의미로는 정신적, 육체적인 건강과 행복, 복지와 안녕을 의미하고, 사회적 의미는 물질적 부가 아니라 진정한 삶의 질을 강조하는 생활 방식을 가리킨다.

미국의 중산층이 첨단 문명에 대항해 자연주의, 뉴에이지 문화 등을 받아들이면서 대안으로 선택한 삶의 방식이다.

한국에서도 2003년 이후 건강에 대한 관심도가 높아지고 건강과 관련한 소비가 급속히 증가하면서 웰빙 문화가 확산되어 건강·의류·여행 등 각종 웰빙 상품이 등장했다.

웰빙의 실천은 대개가 건강한 생활로 알고 있지만, 육체적 건강뿐 아니라 올바른 정신과 자세를 가진 인간관계를 가져야 한다.

나이가 들면서 초라하지 않게 주위에 친구를 가지려면 대인관계를 잘하여야 한다.

그러려면 인간관계를 나 중심이 아니라 타인중심으로 가져야 한다.

두 번째는 엘웨이징(Wellaging)이다.

행복하게 늙기 위해서는 먼저 노년의 품격品格을 지녀야 한다.

그러려면 풍부한 경륜을 바탕으로 노숙함과 노련함을 갖추어야 할게다. 노년은 지성과 영혼이 최절정의 경지에 이르는 황금기임을 인식해야 한다.

노숙함과 노련함으로 무장하여 노익장을 과시하라!

미국 '카네기멜론 대학'에서 인생에 실패한 이유에 대하여 조사 한 기록이 있다.

인생에 실패한 경우, 전문적인 기술이나 지식이 부족했다는 이유는 15%에 불과하였다. 나머지 85%는 잘못된 대인관계에 있다는 결과가 나왔다.

그만큼 인간관계는 살아가는데 중요한 부분을 차지한다는 것이다. 사람

231

은 나이가 들수록 이타주의적 성향性向이 강해야 한다.

즉 노욕老慾을 버려야 한다. 다시 강조해도 모든 것을 나 중심이 아니라 상대 중심적으로 생각해야 한다.

그런데 실생활에서 만나는 노인들은 대부분 그런 이미지와는 거리가 멀다. 고집이 세고 인색하고 마음이 좁은 노인들을 더 자주 만나게 된다. 왜 그럴까. 노년의 그런 추함은 어디서 오는가. 사랑과 용서의 삶에 인색했거나 은혜의 삶을 잠시 망각했기 때문이다.

노년은 용서하는 시기이다. 용서의 근간은 사랑이다.

사랑만이 인간을 구제하는 희망이다. 사랑과 은혜로 충만한 노년을 보내는 사람, 우리는 이들을 일컬어 '사람답게 사는 사람'이라고 한다.

요즘 노년사고老年四苦라는 말을 흔히 한다.

빈고貧苦, 고독고孤獨苦, 무위고無慰苦, 병고病苦, 이렇게 네 가지를 말할 수 있지만, 열정을 잃지 않고 산다면 이러한 것들이 노년 노후에 감히 끼어들 틈조차 없다.

그리고 마지막으로 웰다이잉(welldying), 품위 있고 존엄하게 생을 마감하는 일을 준비하는 거다.

노년의 삶은 자신의 인생을 마무리하는 단계이기 때문에 죽음을 준비하는 기간이기도 하다.

죽음을 극도로 두려워하는 것도 문제이지만 '이만큼 살았으니 당장 지금 죽어도 여한이 없다'고 생각하는, 자신의 삶에 대한 경박한 태도는 더욱 큰 문제라고 볼 수 있다.

죽음을 관조하면서 노래한 '윌리엄 컬렌 브라이언트'의 시 한 구절을 소개한다.

"그대 한밤을 채찍 맞으며, 감방으로 끌려가는 채석장의 노예처럼 가지 말고 흔들림 없는 믿음으로 떳떳하게 위로받고 무덤을 향해 가거라. 침상에 담요 들어 몸에 감으며 달콤한 꿈나라로 가려고 눕는 그런 사람처럼…"

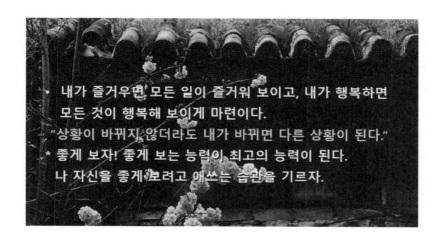

내가 즐거우면 모든 일이 즐거워 보이고, 내가 행복하면 모든 것이 행복해 보이게 마련이다.

"상황이 바뀌지 않더라도 내가 바뀌면 다른 상황이 된다."

* 좋게 보자! 좋게 보는 능력이 최고의 능력이 된다.

나 자신을 좋게 보려고 애쓰는 습관을 기르자.

행복한 노년을 보내기 위해서는 이와 같은 고차원의 인생관이 중요하다.

성실하게 살면 이해도, 지식도, 사리 분별력도, 자신의 나이만큼 쌓인다. 그런 것들이 쌓여 후덕한 인품이 완성된다.

이러한 덕목을 갖추려면 스스로에게 엄격해야 한다.

우리는 누구나 죽는다, 그러나 당하는 죽음이 있고 맞이하는 죽음이 있다. 잘 준비하여 맞이하는 죽음을 맞게 되기를 바란다.

그리하여 마음을 비워야 한다. 아직도 미완성임에 감사해야 한다. 주변의 사람도, 재물도, 그리고 의욕도, 어느 틈엔가 자신도 모르는 사이에 떠나간다.

그래서 노년이 될수록 인간을 의지하기보다는 신神에 의지해야 한다. 신과 가까이하면 정신연령과 영적 연령은 더욱 신선해진다.

이것이 웰다이잉(welldying)의 깊은 뜻이다.

노년은 인생의 주기로 보면 내리막길 같지만, 지금까지 전혀 생각하지 못했던 다른 세상을 향해 새 인생이 시작되는 때다.

-좋은 글 중에서 일부 인용-

우리 인생은 원하든 원하지 않든, 배우자가 있든 없든, 자식이 많든 적든, 돈이 아무리 많아도 노인들 대부분이 결국은 요양원에서 생의 마지막을 보내게 되는 것이 현실이 되었다.

고려 시대에는 노인들이 밥만 축내고 경제력이 없다고 자식들의 지게에 실려 고려장을 했다는데, 현시대에서는 노인들의 고려장이 요양원으로 바뀌고 있는 현실이 안타깝다.

자식들 손에 이끌려 한번 들어가면 다시는 집으로 돌아오지 못하는 그곳이 현재의 고려 장터가 되고 있다.

그곳은 가기 싫어도, 안 가는 곳이 아니고, 늙고 병들어 정신마저 혼미해 갈 때 갈 곳은 그곳 뿐이다.

가끔 한 번씩 가족들이 면회를 온다. 그들의 면회하는 태도를 보면 관계가 적나라하게 보인다.

침대 옆에 바짝 붙어서 손을 어루만지며 눈물 콧물 흘리는 여자는 보나마나 딸이다. 그 옆에 멍하니 서 있는 것은 사위다.

문 앞에 서서 밖을 내다보고 있는 놈은 아들이다.

밖에서 휴대폰 만지작거리는 여자는 며느리다.

그래도 가끔이라도 찾아와서 알뜰하게 챙기고 음식 떠먹이는 자식은 딸이다. 아들이 무슨 신주단지 라도 되는 듯, 아들아들, 하며 금지옥엽 키운 자식인데…… 그래서 나는 딸 다섯을 낳아 기른 아비가 되어 행복하고 감사하게 생각한다.

오늘도 하염없이 창살 없는 감옥에서 희망 없는 하루하루를 보내는 늙은 이들이 우리 모두의 미래다.

그들도 자신의 말로가, 자신의 미래가, 이렇게 될 줄을 모르고 살아왔다. 자신과는 전혀 상관없는 일로 믿고 싶지만 어디까지나 희망 사항일 뿐이다.

사는 날 동안 먹고 싶은 것 먹고, 가고 싶은데 가고, 하고 싶은 일 하며, 더러 좋은 일도 하고, 좋은 친구 만나서, 즐겁고 재미있게 살다가 가야 하지 않겠나, 그래도 좋은 세상에 태어나 기적 같은 삶을 살지 않았는가,

남은 세상 헛되이 보내지 말고 멋진 세상을 만들어 보자꾸나.

2. 꺼질 수 없는 희망의 길

꿈은 이루어진다. 우리나라뿐 아니라 많은 나라 들에서 독서문화가 줄어들고 있다고 한다.

나는 정직하게 사는 사람이 애국하는 사람이고 독서하는 사람이 이 나라의 미래라고 생각한다.

일본은 버스나 지하철에서 책을 읽는 사람을 많이 볼 수 있다.

그러나 우리나라의 현실은 어떤가?

하나 같이 열이면 아홉은 휴대폰을 들여다보고 있다.

만일 우리가 지금부터라도 우리 주변의 청소년들이 휴대폰 대신 더 많은 책을 읽는다면 자신들의 인간적 성숙과 정신적인 문화가 더욱 발전할 수 있을 것 이라고 생각한다.

나는 복 많은 다른 아이들처럼 공부를 했다면 아마 역사학자나 미술교수가 되어있지 않았을까 하고 생각도 해봤다.

지금 나의 강의 솜씨를 본다면 역사학자로서 재미있게 역사를 풀이하고 가르치는 일등 교사가 될 수도 있었을 것 이라고 생각한다.

그러나 하나님이 나를 사랑하셨기에 열정적인 삶을 살도록 내게 능력을 주셨고 그분의 사역을 감당하고 평생을 믿음 안에서 살도록 인도하신 것이 하나님의 뜻이라고 생각하며 지금의 내가 있는 것에 감사하고, 만족하고, 고마워하며 살고 있다.

인간경영분야에 기념비적인 업적을 남긴 데일 카네기가 이렇게 말했다. '열중은 성격을 만드는 원동력이다. 사물에 열중할 수 없다면 아무리 재능이 있어도 언제까지나 싹이 틀 수가 없다.'

'아무리 재능이 많은 사람도 열정이라는 자양분 없이는 싹이 틀 수가 없다'는 것을 강조한 사람은 데일 카네기만이 아니다. 탁월한 리더들은 하나같이 자기 일에 대해 용암처럼 솟구치는 열정을 갖고 있었다고 한다. 또한 아무리 재능이 탁월하고 뛰어나다고 해도 자신의 목숨을 걸 정도의 열정을 가지고 도전하는 사람은 이길 수가 없는 것이다.

영국이 낳은 최고의 극작가 셰익스피어, 미국의 대통령이었던 루즈벨트, IBM의 CEO였던 토마스 왓슨 등은 최고의 열정을 가지고 살았기 때문에 성공할 수 있었다.

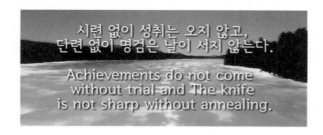

시련 없이 성취는 오지 않고,
단련 없이 명검은 날이 서지 않는다.
Achievements do not come
without trial and The knife
is not sharp without annealing.

3. 본받아야 할 사회사업가

"당신을 존경합니다!"

유한양행 창립자인 유일한 박사 이야기를 강의 때마다 자주 예를 들어 말
한다. 그분은 1971년 76세로 세상을 떠났다.

그는 사업가이며, 독립운동가이고, 교육인이었다. '너는 미국에 가서 주
권을 빼앗긴 조국을 위해서 큰 인물이 되어 나라를 위해 봉사해야 한다.'는
아버지의 애국정신을 잊을 수 없었다고 한다.

하여 유일한 박사는 어린 나이에 단신으로 미국으로 건너갔다.

온갖 난관을 극복하면서 최선을 다한 결과 그는 애국과 성공, 두 가지 목
적을 달성하여 행복한 삶과 보람을 만끽하게 되었다.

그는 일의 가치를 돈보다 중하게 여겼다.

일의 가치는 일 자체 보다는 일의 목적을 추구하는데 있었다.

그 해답은 일하는 것은 일의 가치를 창출하여 사회의 요구에 기여 하는
일이었기 때문이다.

그는 열심히 일해서 상업적으로 많은 돈을 벌었다.

그리고 더 많은 사람이 인간다운 삶을 영위하면서 그 안에서 얻는 행복을

누릴 수 있도록 돕는 일을 우선하였다.

부자가 되었으나 아버지의 소망을 이루기 위해 결심했다.

하여 가족들과 행복한 미국 생활을 할 수 있는 길이 열렸으나 그 모든 것을 포기하고 한국으로 돌아왔다.

그리고 제약회사인 유한양행을 설립하고 한국에서 가장 모범적인 기업체를 정착시켰다.

정치자금의 압박을 받으면서도 반대했고 대신 국가에 내는 세금은 세무당국이 책정한 세금보다 더 많이 납부하는 선례를 남겼다.

그는 일을 사랑하였다. 일을 사랑하였기에 즐겁게 일하며 막대한 재산을 모을 수 있었고 일의 사회적 가치를 기대했기에 행복과 나눔의 영광을 더할 수 있었다.

이것이 바로 우리가 배워야 할 노블레스 오블리주(noblesse oblige) 정신인 것이다. 그는 사회와 국가에 많은 기부를 하였다.

그리고 세상을 떠날 때 모든 재산을 사회에 환원했다.

그가 남긴 유언의 내용을 정리해 보면 이렇다.

손녀 유일링에게 대학 졸업까지 학자금 1만 불을 주었다.

딸 재라에게는 가난한 학생들을 위해 설립한 유한 중·고등학교 안에 있는 땅 5천 평을 주어 학생들이 뛰놀 수 있는 '유한동산'을 꾸미라고 했다.

자신의 소유 주식 14만 941주는 한국 사회 및 교육원조 신탁기금(현 유한재단)에 기부하였다.

그리고 외아들 일선은 대학까지 보냈으니 스스로 자립하여 살라며 아무것도 주지 않았다.

이처럼 자신만의 확고한 원칙과 소신으로 나라의 밝은 미래를 위해 힘썼다.

한편으로 독립운동가들을 지원한 유 박사는 1969년 노환으로 경영에서 은퇴하였다.

그런데 아들 유일선이 아닌 혈연관계가 전혀 없는 조권순 전무에게 경영권을 승계해 세상을 놀라게 했다.

혈연이 아닌 인물, 즉 전문 경영인 제도를 실시한 것은 한국에서 유한양행이 최초였기 때문이었다.

또한 그는 일가친척들을 모조리 유한양행에서 해고하고 주식도 처분해 유한양행 경영에 전혀 간섭하지 못하게 했다.

'경영 대물림'을 사전에 방지한 것이다.

세상에 이런 집안이 있다니 가히 놀랄 일이다.

유한 중·고등학교에 세워진 유일한 박사 동상

이 과정에서 아들 유일선과 동생 유특한(유유제약 창업자)이 유일한 박사를 상대로 '퇴직금 반환 소송'을 하여 화제를 모으기도 했다. 그런데 더 기막힌 것은 본인들이 받은 퇴직금이 너무 많다는 게 소송의 이유였다.

이 때문에 당시 소송을 맡은 판사가 '세상에 이런 집안이 어디 있나?' 라고 아연실색했다는 후문도 전해진다.

이 같은 유 박사의 원칙과 소신은 수십 년이 지난 지금까지 유한양행 임

직원들에게 계승되고 있는 것으로 알려지고 있다.

특히 최근 재벌들의 갑질 논란과는 전혀 다른 특별함을 갖고 있어 우리 사회에 큰 울림을 준다.

일각에서는 기업인들이 유 박사의 경영철학을 본받아야 한다는 목소리가 나오고 있다.

그런가 하면 사우디 왕자가 전 재산 36조 원을 기부하기로 했다고 한다. 그리고 빌게이츠 36조 원, 워린버핏 26조 원, 조지 소로스 9조 원을 기부하였다.

마크저거버그는 총 52조 원을 기부하겠다고 밝혀 세상의 이목을 끌었다.

우리나라에도 그러한 기부자들이 있다.

그중 한 분은 정문술 카이스트 전 이사장이다. 그분은 '대한민국 미래발전전략'을 수립해달라며 KAIST에 525억 원을 기부하였다.

홍익인간弘益人間이란 무엇을 말하는가. 넓을 홍에 더할 익, 즉 널리 이롭게 사람 사는 세상, 모든 것을 널리 이롭게 하자는 말이다. 홍익인간은 몇몇 사람만이 아니라 모든 사람에게 고루 이익이 되게 한다는 말이다.

모든 백성을 이롭게 하여 모두가 함께 잘 살게 한다는 뜻이 담겨 있다. 하여 정치하는 사람들이 많이 사용하기도 한다.

대통령이나 국회의원들이 연설할 때, '홍익인간의 정신으로 국민을 위한 정치를 하겠습니다.' 라고 말하기도 하고, 또 우리나라 교육법 제1조에도 '홍익인간의 이념을 기본으로 한다.' 는 원칙이 담겨 있다.

대한민국의 수도가 서울이라는 것이 법에 명시되어 있지는 않지만 누구나 알고 있다. 이와 마찬가지로 우리나라의 건국이념이 '홍익인간'이라는 것은 누구나 알고 있는 상식이다.

在世理化하야 弘益人間하라
재 세 이 화   홍 익 인 간

인간 세상을 널리 이롭게 하라!

　또한, 홍익인간은 한국의 교육기본법이 정하고 있는 교육이념이다. 말하자면 우리나라 교육의 나침반이자 원칙 혹은 지침인 셈이다. 그러나 이 이념이 실제 교육현장에는 얼마나 적용되고 있는지는 미지수이다.

　오랜 시간 잠자고 있던 홍익인간 정신이 다시 주목받기 시작했다. 혼탁하고 불안한 정치, 나날이 커져만 가는 빈부 격차, 도덕성 상실 그 어느 때보다 인성 회복의 필요성에 대한 목소리가 커지고 있다.

4. 남의 어려움을 못 본 체 말자

　남이南怡장군에 대한 일화가 우리에게 큰 교훈을 주기에 간략히 기록해 본다.

　남이 장군은 1441년에 태어난 태종 왕의 외손자로서 왕족이다. 그는 어려서부터 비범하여 18세의 어린 나이에 장원급제하고 이시애의 난을 평정하는 등 많은 공을 남겼다.

　결국 26세의 젊은 나이에 병조판서(국방부장관)가 되었고 승승장구 하였다.

　지금이나 예나 남이 잘되는 것을 시기하는 사람들이 많았다.

　한명회 정인지 등의 도움을 받아 임금이 된 수양대군은 말년에 이들의 매관매직, 부정축재, 권력남용과 횡포, 연회자리에서 심지어 자신들의 건의에 따른 일이었건만 수양대군이 조카를 죽인 것을 비난하는 말까지 서슴지 않을 정도로 안하무인이었던 이들을 막지 못했으며 심지어 관직에서 물러난 후에도 막강한 배후세력으로 만행을 일삼는 이들을 심지어 두둔하지 않을 수 없는 지경에까지 초라한 왕이 되고 만 것이다.

뒤늦게 두려움을 느껴 20대의 젊은 무관출신들인 이준을 영의정으로 남이장군을 병조판서로 기용하여 견제하려 했으나 바로 수명을 다하여 다음 예조임금이 즉위하자 한명회 정인지 등은 왕권을 보호한다는 미명아래 젊은 장수들을 모조리 역적으로 몰아 제거하고 말았다.

남이장군은 북정가北征歌라는 북쪽 오랑캐를 응징하려는 시를 썼다.

그런데 유자광이 기회를 엿보다가 글자를 한자 바꿔서 예종에게 역모를 꾸민다며 밀고를 했다.

그의 북정가중에 男兒二十未平國(남아이십미평국)을 男兒二十未得國(남아이십미득국) 이라고 글자 한자를 바꿔 미득국은 나라를 얻는다는 말이 되니 결국 역모가 되도록 누명을 씌웠다.

남이장군의 북정가를 소개한다.

白頭山石磨刀盡 (백두산석마도진) 백두산 돌, 칼 갈아 다하고
豆滿江水飮馬無 (두만강수음마무) 두만강의 물, 말 먹여 없애리.
男兒二十未平國 (남아이십미평국) 사나이 스물에 나라를 평안히 못하면
後世誰稱大丈夫 (후세수칭대장부) 후세에 누가 대장부라 하리오.

1468년 10월 24일 병조참지 유자광柳子光은 남이가 궁궐에서 숙직하고 있다가 혜성이 나타나자

'묵은 것을 없애고 새것을 나타나게 하려는 징조'라고 했다고 고변했다. 남이는 즉시 체포되었다.

그는 처음에는 절대로 그런 일이 없다고 모반의 혐의를 강력히 부인했지만 워낙 고문이 심하여서 앞정강이 뼈가 부러지자 장군으로서의 도리를 하기는 틀렸다고 생각하고 할 수 없이 거짓 자백으로 '역모를 하였다'고 하

였다.

이때 예종이 화급히 '누구와 역모했느냐?'고 다그칠 때,

남이장군은 임금 옆에서 취조를 하던 강순康純을 가르키면서 '저기 서 있는 영의정 강순과 역모 하였다'고 하였다. 어안이 벙벙한 예종은 즉시 팔십 고령의 영의정 강순도 그 자리에서 끌어내려 심한 고문을 하였고 그 고문에 못 이겨 강순 또한 거짓 자백을 하고 말았다. 이윽고 둘은 참형을 받으러 가는 길에 강순은

"이놈아, 네가 죽으려거든 혼자 죽지. 왜 죄 없는 나를 끌어들이느냐." 이때 남이는 껄껄 웃으며

"여보시오, 당신은 내가 죄가 없다는 것을 누구보다도 잘 알고 있지 않소? 그런데 일언반구 나를 위한 조언이 없었으니 일국의 영상으로 얼마나 비겁하며 결국 소임을 다 못했잖소. 나 같은 청춘도 가는 판에 당신은 살만큼 살았고, 할 일도 다 못했으니 그만 살고 저승길에 말동무나 하며 가시지요?"

이때 영의정 강순은 할 말이 없었다. 결국 두 사람은 사지를 찢어서 죽이는 거열형車裂刑으로 생을 마감했다.

순조 때에 이르러서야 그의 억울함이 밝혀지고 사면되어 충무공의 시호가 내려졌다. 우리 주위에 무고誣告한 자가 없지나 않는지? 억울하게 어려움을 겪는 그 무고를 보고 입을 다물고 있는 비겁한 사람은 없는지? 지금도 우리의 침묵으로 고통당하는 이가 수없이 많다는 사실을 기억하고 옳은 것은 옳다, 아닌 것은 아니다, 라고 말할 수 있는 단호한 모두가 되어야 하겠다.

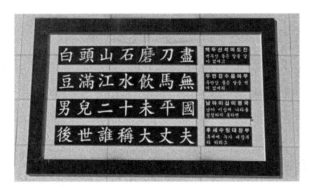

남이장군의 백두산 북정가

썬다싱이 주는 교훈

인도의 성자 '썬다 싱'이 눈보라가 몰아치는 어느 날 네팔 지방의 산길을 가게 되었다.

다행히 방향이 같은 여행자가 있어 두 사람은 당장이라도 얼어버릴 듯한 추위 속에서 눈발을 헤치며 바쁘게 발걸음을 재촉했다. 얼마나 갔을까.

인적이라고는 없는 산비탈에 이르렀을 때 눈 위에 쓰러져 있는 사람을 발견했다.

썬다 싱이 여행자에게 말했다.

"우리 이 사람을 데리고 갑시다. 그냥 두면 분명히 죽을 것이오."

그러나 여행자는 반대했다.

"미쳤소? 나도 죽을지 살지 모르는 판국에 한가하게 누굴 도와준단 말이오?"

그는 오히려 화까지 내면서 서둘러 먼저 가버리는 것이었다.

썬다 싱은 할 수 없이 쓰러진 사람을 등에 업고 있는 힘을 다해 발걸음을 옮겼다.

눈보라는 갈수록 더 심해지고, 이젠 정말 걷기조차 힘들었다.

무거움을 참고 견디다 보니 온 몸에서 땀이 흐르기 시작했다.

그러자 등에 업힌 사람의 얼었던 몸도 썬다 싱의 따뜻한 체온으로 점점 녹아 의식을 회복하게 되었다. 마침내 마을 가까이 왔을 때 그들은 얼어 죽은 시체 하나를 발견하곤 놀랐다. 그는 먼저 가 버렸던 바로 그 여행자 였던 것이다.

혼자 가버렸던 여행자는 얼어 죽었고 죽어가던 사람을 업고 간 썬다 싱은 서로의 체온으로 살아남을 수 있었던 것이다.

썬다 싱의 이야기는 많은 사람에게 귀감이 되어 오늘날 세계 곳곳에 퍼져 나가 많은 교육현장에서 교훈으로 남아있다.

우리 주위에도 더러는 눈길 위에 쓰러져 죽음을 기다리고 있는 사람들이 있다. 선한 사마리아인이 되어 어려운 일을 당한 이웃을 외면하지 않도록 도와주어야 하겠다.

247

5. 이기적인 사랑은 사랑이 될 수 없다

참된 사랑이란?

　이기적인 목적을 가진 사랑은 결코 진정한 사랑이 될 수 없다.

　부부관계나 개인적인 관계, 또는 사회적인 관계에서도 이기적인 목적으로 접근하는 사람들이 많다.

　그러나 이기적인 목적을 가진 사람이라면 결코 타인을 사랑할 자격이 없다. 이기적인 성향을 가진 사람들은 대부분 합리적인 판단을 하기 어렵다.

　이기적인 사람은 객관적인 판단기준이 흐려져 상호관계가 결여되기 쉽다. 그래서 타인을 이해하지 못하고 자신의 의견이 옳은 줄로 착각하며 산다.

　그러나 이타적인 사람은 언제나 남을 배려하고 합리적 판단과 객관적인 생각을 수용하므로 다른 사람들과의 관계에서 사회생활에 도움을 주는 사람으로 존경받게 된다.

　선하게 사는 사람들이 많지 않고 사회질서를 무너뜨리는 사람들이 많다면 행복한 가정과 사회를 만들기는 어렵다.

　가정이 무너지고 사회질서가 파괴되는 중요한 원인은 애정 관계나 재정적인 문제에서 가장 많이 발생한다고 한다.

　이런 모든 문제가 나와는 상관이 없는 다른 사람들의 문제로 생각할 수도 있다.

그러나 이런 문제들은 우리 가정이나 이웃에게 얼마든지 일어날 수 있는 현실적인 문제이기도 한 것임을 잊어서는 안 된다.

이혼이 성행하고 있는 현 사회에서 젊은이들의 이혼 사유는 대부분 성격 차이라고 말한다.

그러나 사람들 모두가 성격의 차이를 가지고 태어난다.

부모에게 받은 유전자가 다르고 자라온 환경이 다르다.

이러한 차이를 극복하면서 더 깊이 이해한다면 풍부한 사랑을 얼마든지 할 수가 있는 것이다.

성격 차이로 이혼하는 것 보다 어느 한쪽이 이기적이거나 혹은 양쪽 모두가 이기적 사고를 가지고 이를 극복하지 못하는 데 있다.

사랑의 본질은 이타적이어야 한다.

가정을 이루는 사랑은 공생과 공존의 기능을 이루어 나가는 데 있다.

진정으로 사랑한다면 함께 있기를 바라며, 함께 더불어 지내기를 원한다. 그러므로 진정한 사랑은 이별을 가장 싫어하며, 죽음이 임하기 전에는 언제나 같이하기를 바라는 것이다. 진정으로 이타적인 정신을 가지고 사는 가정이야말로 행복한 가정이다

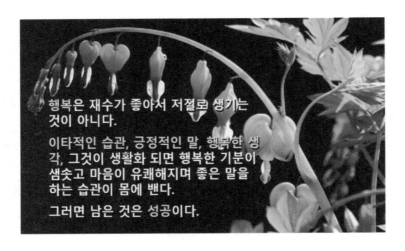

행복은 재수가 좋아서 저절로 생기는 것이 아니다.

이타적인 습관, 긍정적인 말, 행복한 생각, 그것이 생활화 되면 행복한 기분이 샘솟고 마음이 유쾌해지며 좋은 말을 하는 습관이 몸에 밴다.

그러면 남은 것은 성공이다.

나는 더러 주례 부탁을 받으면 주례사에서 빼놓지 않고 부탁하는 말이 있다.

인간관계, 즉 부부관계는 사람인人자 처럼 서로가 받쳐주는 관계이고, 하나가 튕겨지면 무너지는 관계라는 사실을 명심해야 한다.

아플 때 같이 아파해 주고, 어려울 때 서로 위로와 용기를 주는 가정이 되어야 한다.

내가 이 사람과 결혼해서 무엇인가 덕 보려 하지 말고, 상대방이 나를 위해 무엇인가 해 줄 때를 바라지 말아야 한다.

그보다는 내가 상대를 위해 무엇을 해 주면 좋아할 것인가를 늘 생각하고 실천해야 한다.

행복한 가정, 행복한 사회를 이룩하는 지름길은 바로 이기적인 생각을 버리고 이타적인 생각으로 바꾸는 것이다.

우리가 석가나 예수그리스도의 가르침을 흠모하고 존중하는 것은, 그들의 생애가 자신을 생각하지 않고 타인을 먼저 생각하는 이타적인 사랑을 실천했기 때문이다.

6. 황금률을 배워야 한다.

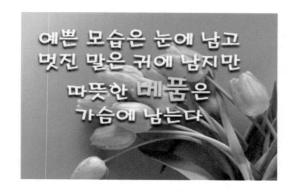

왜정 치하에서 신앙의 절의를 지키다 순교한 주기철 목사가 지은 '허사가'라는 노래가 있다. 거기에는 이런 대목이 있다.

세상만사 살피니 참 헛되구나 / 부귀공명 장수는 무엇하리요.
고대광실 높은 집 문전옥답도 / 우리 한번 죽으면 일장의 춘몽
인생 백 년 산대도 슬픈 탄식뿐 / 우리 생명 무엔가 운무로구나
그 헛됨은 그림자 지남 같으니 / 부생 낭사 헛되고 또 헛되구나.
홍안 소년 미인들아 자랑치 말고 / 영웅호걸 열사들아 뽐내지 마라

유수 같은 세월은 널 재촉하고 / 저 적막한 공동묘지 널 기다린다
토지 많아 무엇해 나 죽은 후에 / 삼척 광중 일장 지 넉넉하오며
의복 많아 무엇해 나 떠나갈 때 / 수의 한 벌 관 한 개 족하지 않나
땀 흘리고 애를 써 모아 논 재물 / 안고 가고 지고 가나 헛수고로다
빈손 들고 왔으니 또한 그 같이 / 빈손 들고 갈 것이 명백지 않나

사람이 살아있는 동안 누구나 물질적 소유의 욕심이 있는 것은 부정할 수 없는 사실이다.

무소유라는 말은 물질이라는 자체보다는 과도한 소유욕을 버리라는 뜻이다. 무소유라는 개념 속에는 물질적 소유만을 말하지 않는다.

많은 사람들이 권력과 명예를 너무 소중히 여기고 살다가 망신당하는 걸 흔히 본다.

권력을 너무 과시한 결과 지나친 갑질을 하여 비판의 대상이 되는 경우도 흔하다.

경제적으로 어느 정도 되면, 시의원이나 국회의원에 한 번 도전해 보고 싶어지는 심리로 변하는 것이 사람들의 심리이기도 하다.

인간의 소유욕은 끝없이 계속된다.

경제력, 권력, 명예욕의 소유욕을 벗어나려면 먼저 무소유의 미덕을 배우고 실천해야 행복해질 수 있다.

강냉이 다섯알

인도의 한 임금이 대궐을 나와 신하들과 한마을을 시찰하고 있었다. 그때 길거리에서 구걸하는 거지가 임금에게 손을 내밀고 구걸하는 것이었다.

"한 푼만 보태 주십시오, 불쌍한 거지입니다." 임금은 측은하고 또한 서글픈 마음으로 거지를 찬찬히 바라보면서 말했다.

"어찌하여 저들은 평생 구걸만 하며 사는가. 불쌍한 인생이여, 네가 가진 것을 내게 주면 나도 내가 가진 것을 네게 주겠다." 라고 말했다. 임금은 그 거지의 마음을 '받으려는 생각에서 주려는 생각을 하도록' 바꾸기 위한 것이었다.

그러나 평생 얻어만 봤지 누구에게 주어본 적이 없었던 거지는 임금에게 말했다.

"저는 거지입니다. 저 같은 거지가 남에게 줄 만한 것을 가지고 있을 리 있겠습니까?" 그러자 임금이 호통을 쳤다.

"이놈! 남에게 줄 것이 없다고? 그럼 네 주머니에 들어있는 것은 무엇이란 말이냐?"

거지의 주머니에는 강냉이 한 홉이 들어있었다. 임금의 호통이 떨어지자 빙그레 웃으며 이렇게 말했다.

"이 주머니에 있는 것 말입니까? 이건 조금 전에 얻은 보잘것없는 강냉이 뎁쇼, 이걸 달란 말입니까?" "그래, 그거라도 좀 다오, 네가 나에게 무엇을 주어야 나도 너에게 무엇을 줄 것이 아니냐?" 그러자 거지는 아깝다는 표정을 지으며 주머니에서 강냉이 다섯 알을 꺼내어 왕에게 내밀었다.

"여기 있습니다. 내 원 참 살다 보니 별일도 다 있네, 이따위 강냉이는 왜 달라 시는거죠?" 이렇게 혼자 말로 지껄이는 거지에게 강냉이 다섯 알을 받은 왕은 웃으면서 신하에게 명을 내렸다.

"여봐라, 금 주머니를 열고 그 속에 있는 금화 다섯 개를 저 거지에게 주거라."

신하에게 금화 다섯 개를 받은 거지에게 임금은 이렇게 말했다. "이 바보 같은 놈아! 너는 평생 거지 말고는 할 일이 없는 놈이로구나, 무릇 남에게 베풀 줄도 알아야 자기도 받을 수 있거늘, 그렇게 인색하니 평생 거지 면하기가 어렵겠구나."

거지는 탄식하며 그 자리에 털썩 주저앉았다.

그때 주머니 속의 강냉이가 우르르 쏟아져 나왔다.

"아이구! 내가 그 강냉이를 주머니 채 드렸다면 그 금화는 다 내 것이 되었을 것인데…."

아무리 가난해도 마음이 있는 한 나눌 것은 있다.
그렇게 함으로써 나 자신이 더 풍요로워질 수 있다.

일상적인 계산법으로는 나눠 가질수록 잔고가 줄어들 것 같지만, 황금률적인 입장에서 본다면 나눌수록 더 풍요로워지는 것이다.

행복의 비결은 필요한 것을 얼마나 갖고 있는가가 아니라. 불필요한 것에서 얼마나 자유로워져 있는가에 있다.

행복을 찾는 방법은 멀리 있지 않고 내 안에 있는 것이다.

인간을 제한하는 소유물에 사로잡히면 소유의 비좁은 골방에 갇혀 정신의 문이 열리지 않는다.

작은 것과 적은 것에 만족할 줄 알아야 한다.

예수께서는 '무엇이든지 남에게 대접을 받고자 하는 대로 너희도 남을 대접하라'고 성경(마태복음 7:12)에 말씀하신다.

이 규칙이 율법서(모세 5경 – 창세기, 출애굽기, 레위기, 민수기, 신명기)와 예언서(선지자들이 쓴 책들)에 나오는 모든 규칙들 가운데 으뜸이라고 말한다.

그래서 그리스도인들은 이것을 황금률이라고 부른다.

마태복음 7:12
그러므로 무엇이든지 남에게 대접을 받고자
하는 대로 너희도 남을 대접하라.
이것이 율법이요 선지자니라.

7. 희망의 땀방울은 행복의 지름길

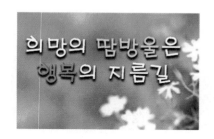

    우리 한국인들은 오랜 세월 '희망 종교'의 충실한 신도들이었다. 나라를 빼앗기고 동족상잔의 비극을 겪으면서 굶주림에 시달렸던 사람들에게 희망이 없었다면 무엇으로 삶을 지탱할 수 있었으랴. 한국인에게 희망의 구체적 실현체는 자식이었다.

    자식이라는 희망을 위해 자신의 삶을 희생하는 부모들의 '희망 종교'가 오늘의 대한민국을 만들었다고 해도 과언이 아니다.

    6.25 전쟁의 참화 속에서도 총탄이 빗발치던 전쟁터에서, 우리의 부모님들은 자식만은 살리려고 어린 자식을 부둥켜안고 숨을 거둔 엄마들, 자신은 굶을지라도 자식을 먹이려 자신은 배부른체하면서, 자식을 위해 헌신한 부모님의 사랑과 자식을 향한 희망이 있었으므로 땀 흘리며 고생을 해도 고생을 낙으로 삼았던 것이다.

    사람은 희망의 동물이다. 장래에 펼쳐질 희망과 꿈이 있기에 그것을 향해 노력하는 것이 인간 모두가 가진 본능이다.

    "희망은 실현 여부를 떠나 하나의 미덕"이라는 것이다.

    하버드대학교 졸업생들이 2년 동안 조사한 연구에 따르면,

'글로 정리된 뚜렷한 목표'를 가지고 있던 3%가 그렇지 못한 나머지 97%를 다 합친 것보다 더 큰 경제적, 사회적인 성공을 이뤘다고 한다.

그러나 목표가 불분명한 사람은 대개가 중산층이었고, 목표 없이 되는대로 살아온 사람들은 대부분 빈민층에서 살고 있었다고 한다.

희망을 가지고 정확한 목표를 세우고 그 목표를 글로 써서 읽고 생각하며 최선을 다하는 인생은 이미 성공이라는 목표에 도달한 것이라고 보아도 된다.

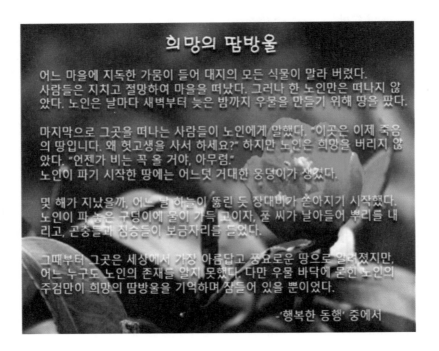

희망의 땀방울

어느 마을에 지독한 가뭄이 들어 대지의 모든 식물이 말라 버렸다. 사람들은 지치고 절망하여 마을을 떠났다. 그러나 한 노인만은 떠나지 않았다. 노인은 날마다 새벽부터 늦은 밤까지 우물을 만들기 위해 땅을 팠다.

마지막으로 그곳을 떠나는 사람들이 노인에게 말했다. "이곳은 이제 죽음의 땅입니다. 왜 헛고생을 사서 하세요?" 하지만 노인은 희망을 버리지 않았다. "언젠가 비는 꼭 올 거야, 아무렴." 노인이 파기 시작한 땅에는 어느덧 거대한 웅덩이가 생겼다.

몇 해가 지났을까, 어느 날 하늘이 뚫린 듯 장대비가 쏟아지기 시작했다. 노인이 파 놓은 구덩이에 물이 가득 고이자, 풀 씨가 날아들어 뿌리를 내리고, 곤충들과 짐승들이 보금자리를 틀었다.

그때부터 그곳은 세상에서 가장 아름답고 풍요로운 땅으로 알려졌지만, 어느 누구도 노인의 존재를 알지 못했다. 다만 우물 바닥에 묻힌 노인의 주검만이 희망의 땀방울을 기억하며 잠들어 있을 뿐이었다.

-'행복한 동행' 중에서

- 온천과 냉천의 교훈

어느 마을에는 온천과 냉천이 함께 솟아나는 신기한 복 받은 곳이 있었다. 한쪽에는 물이 부글부글 끓어오르는 온천이 있고 다른 한쪽에는 얼음처럼 차가운 냉천이 솟아오르는 곳이었다.

동네 아줌마들이 빨래할 때 온천에서 삶아서 냉천에서 헹구니 얼마나 좋겠는가.

그것을 신기하게 지켜보던 관광객이 가이드에게 물었다.

"이 동네 사람들은 찬물과 더운물을 같이 쓰니 얼마나 좋겠어요. 자기네 마을에 이런 물을 주신 하나님께 늘 감사하며 살겠지요?"

그 말에 가이드가 이렇게 대답했다.

"웬걸요, 이 사람들은 불평이 더 많습니다. 이왕이면 비눗물까지 나오지 않는다고 불평을 많이 한답니다."

더운물과 찬물이 솟아나는 샘물처럼 우리의 마음속에는 언제나 감사와 불평이 솟아 나오게 마련이다.

가장 중요한 것은 감사하면 감사한 만큼 감사의 분량이 많아지고 불평하면 불평할수록 불평할 일이 많이 생긴다는 사실이다.

감사는 형식보다는 진실한 마음이 중요하다.

자비하고 온화한 미소, 마음을 담은 안부 인사, 진심에서 우러나오는 말, 정성이 깃든 작은 선물은 감사의 마음을 전하는 아주 좋은 방법이다.

자신이 생각하는 모든 것에 감사하는 마음을 진솔하게 표현할 때, 더욱 큰 행복을 누릴 수 있게 된다.

그래서 감사에 조건을 달면 참된 감사가 나올 수 없다고 한다.

무조건 감사하라. 이유를 달지 말고 감사하라.

'그대가 쾌활하고 행복하고 감사한 마음가짐을 개발하지 않는다면 사단이 마침내 그의 뜻대로 그대를 사로잡게 될 것이다. 그대의 입술에서 비난의 말들이 결코 새어나가지 않게 하라. 그것은 그대의 주변에 있는 사람들을 황폐화하는 우박과 같기 때문이다. 그대의 입술에서 쾌활하고 행복하고 사랑스런 말들이 나오도록 하라.' (교회증언 1권 704)

긍정 심리학자 로버트 에몬스는 연구를 통해 매일 감사 일기를 쓰는 사람은 쓰지 않는 사람에 비하여 육체적, 심리적으로 아주 건강하다는 사실을 밝혔다. 하루 다섯 가지씩 감사한 일들을 생각하며 적어보는 습관을 갖도록 노력하자.

1. 좋은 일이 있어서 축제 분위기를 만들었으니 감사.
2. 나쁜 일이 있어도 그것을 초월하고 넘길 수 있었음을 감사.
3. 작은 기쁨도 확대하여 크게 기뻐하게 됐으므로 감사.
4. 실패했어도 오뚜기 정신으로 일어날 수 있었음을 감사.
5. 평범한 일도 서로 연결되어 있으니 연결 감사.

감사합니다.
정중한 한마디의 인사가 쌓이고 쌓여서
급박하고 중요할 때 편의와 배려로 찾아오고
짜증난다. 듣기 싫은 한마디가 쌓이고 쌓여서
사방의 적들을 만들어 내고
돌이킬 수 없는 나락으로 떨어지게 한다.
말은 사람을 죽이기도 살리기도 한다.

끝까지 졸필을 읽으시느라 수고하셨습니다.
남은 인생 정말로 멋지고 행복하게 살면서 하나님께서 주신 사명을 완수하며 살도록 노력하겠습니다. 감사합니다.

그동안 활동하며 모아놓은 상패와 명패들

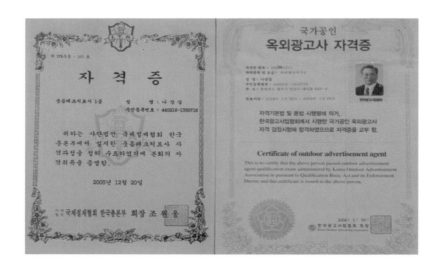

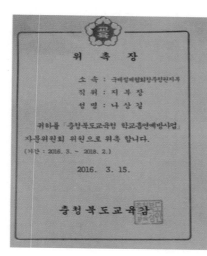

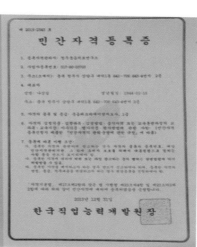

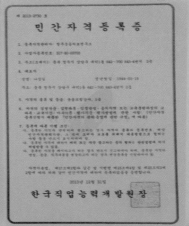

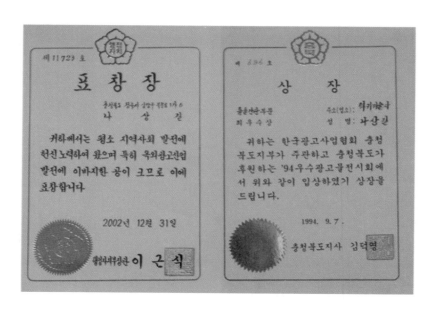

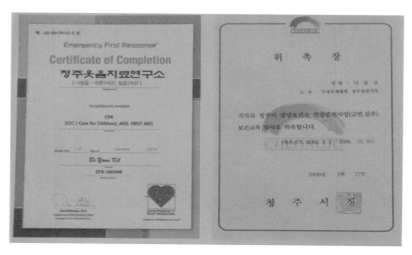

꺼질 수 없는 열정

내게도 봄날은 온다

초판1쇄 2020년 8월 31일

지은이 : 나상길
펴낸이 : 이규종
펴낸곳 : 해피&북스
등록번호 : 제2015-000130호
등록된곳 : 경기도 고양시 일산동구 공릉천로 175번길 93-86
전화 : 031)962-8008
팩스 : 031)962-8889
이메일 : elman1985@hanmail.net
www.elman.kr

ISBN : 979-11-969714-1-0 03810

이 책은 청주시 1인 1책 만들기 운동에서 일부 자금을 지원받아 출간하였다.

값 13,000 원